恋も仕事も日常も

和歌と暮らした日本人

浅田徹

淡交社

目次

はじめに

この本は、和歌というものが、人々によってどのように使われてきたかをお話しするものです。扱っている時代は、だいたい平安時代から江戸時代の終わりまでです。『恋も仕事も日常も　和歌と暮らした日本人』というタイトルですが、平安時代の貴族たちの日常から始まって、戦国時代の武士たちや江戸時代の商人たちに至る、いろいろな人々が登場します。恋の思いを伝えたり、知人が亡くなった時にお悔やみを述べたり、自分が周囲に認めてもらえない苦しみを独白したりするために和歌は使われてきました。さらに、武将たちは和歌によって戦陣の実戦的な知識を覚え、また商人たちは和歌によって商売の大事な心得を日々確認していたのです。

高校の古文の授業では、和歌について触れることはあまりないようですが、それでも百人一首のカルタについて学ぶ機会はまだ少なくないと聞きます。これは本当にすばらしいことです。ただ、カルタには一つ大きな問題があり、それは書かれているのが歌と作者だけで、その歌がどんな時に詠まれたのかという情報が付いていないことです。これは、有名な歌ばかりなのでいちいち付ける必要がなかったからなのですが、そのために私たちは百人一首の歌々が何のために使われたのかということにあまり注意を払いません。本書をお読みいただけば、そうしたことが実は大事だということが、おわかりいただけるのではないかと思います。

受験参考書などではありませんので、細かい文法の説明などはまったく省略しています。百人一首の歌なら聞いたことがある、というような方であれば楽しめるように書いたつもりです。

本書の基になっているのは、雑誌『なごみ』（淡交社刊）の平成三十年一月号から十二月号まで、「和歌と日本人の暮らし」というタイトルで十二回にわたり連載していたものです。書籍にするに際して、二回分の内容を追加しました。連載時に添えていただいた素敵なイラストも、そのまま収録されています。難しく考えずに手に取っていただければ幸いに存じます。

・本書は月刊『なごみ』２０１８年１～12月号掲載「和歌と日本人の暮らし」をもとに加筆修正・再編集してまとめたものです。
・「和歌と手紙」「御伽草子から民話まで」は書き下ろしです。
・文中で引用している和歌は『新編国歌大観』（角川書店）の本文を基準に、読みやすいように適宜手を加えています。

第一章

贈り合う歌

恋のやり取りに欠かせない贈答歌

◆「短歌」と「和歌」の違い

本書では、古典和歌の世界についてお話ししていきたいと思います。読者の中には、中学校や高校で、百人一首に触れたという方々もいらっしゃるでしょう。百人一首のカルタは現在でも堅実に売れているようです。古典和歌の遺産は、まだ日本の社会で受け継がれているわけです。

ところで、新聞を購読されている方は、読者投稿の短歌欄があるのをご存じでしょう。毎週膨大な数の「短歌」が全国から寄せられています。また、全国には無数の短歌団体(結社)があって、同人の歌を集めた雑誌を毎月発行しています。さらに今はインターネット上に短歌のサイトがたくさんあって、そこにアップされる歌の量も少なくありません。これらの「短歌」と、古典の「和歌」は何か違うのでしょうか。

この二つは、実は同じものです。和歌のうち、五・七・五・七・七という音数定型による詩型が「短歌」なのです（他に長歌《ちょうか》や旋頭歌《せどうか》がありますが、割合はわずかで、古典和歌のほとんどは短歌です）。ですから、現在大量に作られているものも和歌に他ならないのですが、現代歌人は自分が「和歌」を作っているとは言いません。これは日本が近代を迎えた時に、旧来の「和歌」では新しい時代に適さないと考え、海外の文学にひけを取らない詩にリニューアルしようという運動が起こったためです。正岡子規《まさおかしき》や与謝野晶子《よさのあきこ》といった歌人が、この音数定型に新たな生命を吹き込み、近代文学への脱皮を果たしたわけです。

ちなみに、「俳句」というジャンルも近代に始まりました。江戸時代には「俳諧」と言っていて、みんなで百句とか三十六句とかをつないでいく文芸でした（俳諧はもともと連歌《れんが》の一部だったのです）。その俳諧の最初に出される句が五・七・五の「発句《ほっく》」で、江戸時代にはこれを単独に作る習慣が生まれました。松尾芭蕉《まつおばしょう》の「古池《ふるいけ》や蛙《かはづ》とびこむ水の音」などはそうした作品です。近代になった時、これに「俳句」という新たな名前を付けたのです。正岡子規や高浜虚子《たかはまきょし》がこの過程で大きな役割を果たしました。

「和歌」から「（近代）短歌」へ、「俳諧」から「俳句」へという大きな変革が併行して行われたのですが、五・七・五・七・七とか五・七・五といった音数定型は動かされませんでした。正確に言うと、定型を破って自由な韻律《いんりつ》（自由律）を模索する運動は短歌でも俳句でも起こったのですが、定型を維持しようとする人たちが圧倒的に多かったためにそのまま残ったのです。

◆古典和歌が歌う「心」

では、これらの改革を推し進めた人々は、定型も変えなかったのに、そもそも何が不満だったのでしょうか？　それは、古典和歌や俳諧が「近代文学」として生き残るには不都合な面を持っていたからです。

それは、大きく二つの点にまとめることができます。

（一）改革者たちは、文学は個人のものであって、個人の思想・感情を表現すべきだと主張し

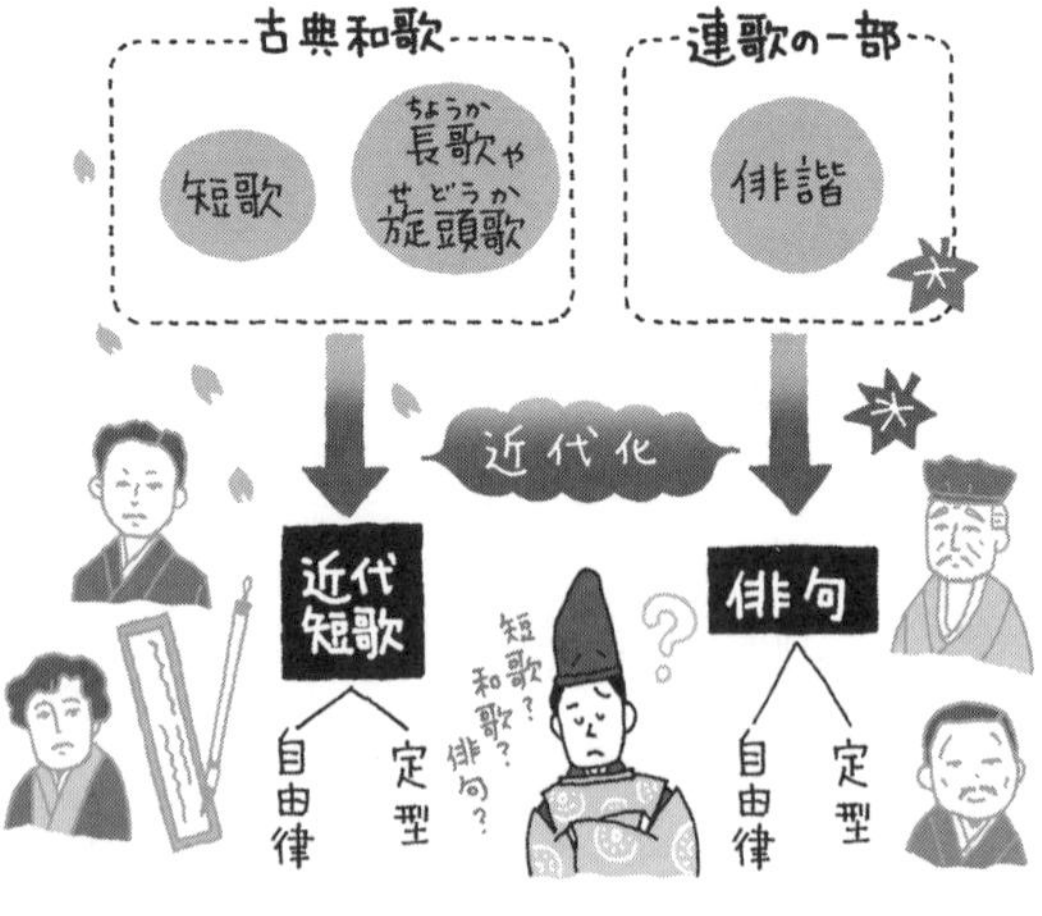

ました。その時、俳諧のようにみんなで共作していく形式は、誰の表現としても自立していないと考えられました。和歌でも、人とやり取りすることを目的とした贈答歌は、日常的な挨拶に過ぎず、個人の深奥に迫るものではないとして退けられました。（二）文学は、誰のものでもない「自分」の心の表現でなくてはならないとされました。実は古典和歌の大部分は、この面からすると失格でした。これはこの本の後の方で説明することになりますが、平安時代後期以降の和歌では、歌人自身の「心」ではなく、誰もが同じように感ずるはずの伝統的な「心」に基づいて詠む習慣になっていたからです。俳諧でも、ごくありふれた季節と日常の風景に満足するのが一般的な俳人の姿でした。

和歌や俳諧が近代文学に脱皮するとは、他者との関わりを廃し、誰もが模範としていた伝統的な「心」を拒否し、ただ一人の孤独な営みになることでした。有名な歌人同士が短歌のやり取りを楽しんだり、俳人同士が句を付け合って大きな作品を作ったというような話は、現在はまったく聞かないでしょう。そうした楽しみは、近代短歌や俳句が振り捨ててきたものなのです。

和歌が近代化する過程では、「掛詞《かけことば》」や「縁語《えんご》」といった伝統的な技法も捨てられました。

そのようなものは単なる言葉の遊びであって、自分の内面を見つめる真摯《しんし》な芸術にはふさわしくないと考えられたからです。「掛詞」や「縁語」は伝統的な和歌の中心を支える技法でしたから、これらを廃棄したことは表現を大きく変えていくことを意味しました。また、「本歌取り」のように、他人の作品を元にしてアレンジを加えていく技法も、自分だけの唯一の表現を求める立場からは、許容できないものでした。

定型から見れば、古典和歌と近代短歌とを区別するのは合理的ではありません。しかし、表現としては明確に異なるところを目指したものだったのです。

さて、本書では、近代文学に脱皮していく時に捨てられてしまったもの、古典和歌を和歌たらしめていたものの方に目を向けたいと思います。

まず、古典和歌の持っていた性質のうち、「歌のやり取りによって心を伝え合う」というあり方――歌の「贈答」と言います――についてお話ししたいと思います。特に平安時代中期頃には、和歌はこうした機能をその中核としていました。読者の方々も、和歌というと、優雅な貴族と美しいお姫様の恋のやり取りを思い起こされる方が少なくないのではないでしょうか。しかし平安時代には、恋愛だけでなく、冠婚葬祭のすべて、また友人との付き合いなど、いろいろな場面で和歌が使われていたのです。これから、その場面別に、

さまざまな例を挙げて説明したいと思います。

◆平安時代の恋のやり取り

お話の最初として、やはり恋のやり取りから始めるのがよいでしょう。和歌の贈答の中で、一番早く確立したのは男女の関係に基づくものだからです。我が国の最も古い歌集は『万葉集』ですが、そこには大きなジャンルとして既に「相《そう》聞《もん》」が立てられています。これが恋のやり取りにあたります。

ご存じのように、古くは貴族女性は外を出歩くものではありませんでした。今は、若い男女は学校や職場で出逢うことができますが、平安時代にはそういう場はありません。本人がその魅力をまわりに示す機会はなかったわけです。

結婚は家と家との関係を結ぶ手段で、普通は親同士の相談で決まっていました。ですから、娘を持つ家としては、ここに適齢期の女性がいるということを周囲に知らせるのは大事でした。そういう情報が広まることで、よりよい家と姻戚関係になれる可能性があるからです。

一方、男性側は自由に動けます。親同士の決める婚姻だけでなく、自分で情報を得て、女性を捜すことができました。一夫多妻制ですから、複数の女性を求めることに問題はありませんでしたし、家の存続のために男子を儲ける必要がありましたから、後々養う自信さえあれば、何人かの妻を持っている方が有利です。

男性側は、女性とその家についてある程度の情報を得たところで、風流の道に心得があれば、最初のアプローチとして和歌を贈ります。我々からすると信じられないことですが、その歌の内容は「あなたに逢ったことはないが、あなたのことを深く愛している」というものです。逢ったこともないのに、そんなはずはないではないか、と常識的には思われますね。しかしこれが決まりなのです。以下、第二勅撰集の『後撰和歌集』から歌を掲げてみます。

女のもとにはじめて遣《つか》はしける　紀友則《きのとものり》
我が心いつ慣らひてか見ぬ人を思ひやりつつ恋しかるらむ

「僕の心は、まだ逢ったこともない人なのに、いったいいつあなたに慣れ親しんで、あなたのことを思いやっては恋しくなってしまうんだろう?」という歌。これが最初の連絡だったら、現代の女性は愕然とするでしょう。「女のもとにはじめて遣はしける」というのは、その歌がどんな状況で詠まれたかを説明するもので、「詞書《ことばがき》」と言います。和歌の理解のためには重要な情報です（ちなみに和歌を書く時は詞書→詠んだ人→歌というのが一般的な順序です）。同じく、男から初めて女に贈った歌をもう少し見ましょう。

壬生忠岑《みぶのただみね》
ひとりのみ思へば苦しいかにして同じ心に人を教へむ

得難かるべき女を思ひ懸けて遣はしける　春道列樹《はるみちのつらき》
数ならぬ深山《みやま》隠れの時鳥《ほととぎす》人しれぬ音《ね》を鳴きつつぞ経《ふ》る

「一人であなたのことを思っているのは苦しいんだ。どうしたら、このつらさをあなたにもわかってもらえるんだろう」「あなたにとっては男の数にも入りそうにない僕は、山奥で誰にも知られず鳴き続けているホトトギスみたいに、あなたの知らないところで泣き続けているのです」。後者は、詞書によると高嶺の花ともいうべき女性に思いを寄せて贈った歌で、「数ならぬ」とは女に対して自分の身分が低いことを表しています（当時は、身分制社会です）。

◆「つらく、苦しい」恋の歌

さて、こうした歌の内容は、「一人であなたを思っているのはつらい、苦しい」と訴え、だから逢ってほしいというものです。基本的に、日本の恋歌は恋の喜びを歌うことがなく、つらいとか苦しいとかいうことばかり歌います（その伝統は、小唄《こうた》や端唄《はうた》を経て、演歌にまで及んでいます）。恋の最初に男から贈られる打診の歌は、こうした定型的なもので、平安時代初期にはこれを「わび歌」と言い、『竹取物語』にも記述があります。「わび歌」の「わび」とは、「わぶ」という動詞で、「つらく思う、苦しく思う」という意味です（「わび・さび」の「わび」も本来同じことです）。

心ざせる女の家のあたりにまかりて、言ひ入れ侍《はべ》りける　貫之《つらゆき》

わびわたる我が身は露を同じくは君が垣根の草に消えなむ

大歌人紀貫之が、思いを懸けた女の家に持っていって贈った歌です。「僕はずっと『わび』ているばかりで、このままだと露が消えるみたいに苦しさで死んでしまいそうだ。どうせなら、君の家の垣根の、その草の葉の上で消えたいなあ」という内容。なかなか甘いことを言いますね。

一方、歌を贈られた女の方は、すぐには返しをしません。男は同じような歌をあちこちで

わびわたる我が身は
露を同じくは
君が垣根の
草に消えなむ

贈っているのかもしれず、単なる冷やかしにいちいち答えているのでは振り回されるばかりだからです。女は「様子を見る」必要があったのです。それに対して何度も歌を贈ってくる男こそ、まじめに対応する価値がある相手です。

『後撰集』には、男が女に恋文を贈ったが、返事も来ないままになってしまったので重ねて送った、といった詞書がいくつか見えます。

文遣はせども返事もせざりける女のもとに遣はしける

よみ人知らず

あやしくも厭《いと》ふにはゆる心かないかにしてかは思ひやむべき

恋歌は贈っているのに、返事が来ない、その女のもとへ重ねて贈った歌。「あやしくも」は「不思議にも」、「はゆる」はいっそう甚だしくなることを言います。「いったいどうしたんだろう、あなたにこんなに嫌われているのに、恋しい気持ちが燃え上がってしまうんだ。どうしたらこの気持ちを収めることができるだろう」と言って、返事を迫っています。繰り返しますが、まだ逢ったこともない間柄です。

ここでは恋の開始にあたって、どのような歌が男から贈られるかについてお話ししました。男の口にしている愛情は、真実の情であるはずはありません。しかしそれは問題ではありません。男としては、自分が理想的な求婚者として持つべき情を持っている、と主張する必要がありました。女の側も、そうした手続きを踏んでくれることを期待していたわけなのです。

結婚前後の歌のやり取り

◆女のつれない返事

前項では、男が最初に求愛の歌を贈り、女が返事をせずに様子を見ているところまでお話ししました。女は、ある程度男のまじめさが確認できた場合、返事をします。しかし最初は本当につれない返事です。ここでも、第二勅撰集である『後撰集』から例を掲げます。歌ではなく、歌の詠まれた状況を説明する詞書だけを並べてみます。

・町尻《まちじり》の君に文遣はしたりける返事に、「見つ」とのみありければ遣はしける

・人のもとに初めて文遣はしたりけるに、返事はなくて、ただ紙を引き結びて返したりければ

前のものは、返事の手紙を開けてみると、「見つ（＝見た）」と二字だけ書いてあったという話、次のものは開けてみたら白紙だったというもので、これらはほぼイジメですね。しかし男はそれでも、何の返信もないよりは一歩前進だと考えます。

ちゃんと言葉が返ってくる時でも、それは男の誠意を疑う言葉です。

・**消息遣はしける女の返事に、「まめやかにしもあらじ」などいひて侍りければ**

・**女のもとより、「心ざしのほどをなん、え知らぬ」と言へりければ**

前のものは恋文を贈った相手の女が、「どう

せ本気じゃないんでしょう」と言ってきたということ。次のものは「あなたの愛情がどの程度なのか、わかりませんね」と言ってきたのです。二番目の例では、男（百人一首歌人の藤原興風《おきかぜ》）は次のような歌を贈りました。

我が恋を知らむと思はば田子《たご》の浦に立つらむ波の数をかぞへよ

「僕の愛がどれくらいか、知りたいのなら、田子の浦に行ってそこに立つ波の数を数えておくれ」という意味です。波は無限に立ち続けます。従って、「僕の愛は無限大だ」と言っているわけですね。

男にとって、女からの返信が返ってくることは大変期待が持てることで、それが女本人の筆跡であったりすると、もっと嬉しいことでした。侍女の代筆などということも多かったからです。筆跡には教養が表れますから、逢ったことのない異性の人柄を知る大きな手掛かりでした。

返事せざりける女の文を、からうじて得て

跡見れば心なぐさの浜千鳥今は声こそ聞かまほしけれ

よみ人知らず

詞書は「返事が来なかった女の手紙を、かろうじて得て」。歌にある「千鳥の跡」は浜辺に付いた鳥の足跡で、和歌の世界ではこれを「筆跡」の比喩として使います。「あなたの千鳥の跡――筆跡を見ることで、僕は心が慰められました。今は、千鳥の声の方が聞きたいものです」ということです。自筆の手紙がもらえたので、今度は直接逢って声が聞きたいね、と言っているのです。

しかし声を聞かせてもらうのも簡単ではありませんでした。相手の家の門の前まで行って何度か和歌を贈っても、門は開かずにむなしく帰るということが続き、やっと門の中に入れてもらっても、部屋には入れずに簾《すだれ》の外（つまり縁側部分）に置き去りだったり、ついに室内に入っても、屛風や几帳《きちょう》という目隠しがあるのです。至近距離で対面、という状況になって、初めて女の声が聞こえるのですから、ずいぶん面倒な話でした。次の例は手間を掛けずに簾を突破しようとして失敗したものです。

人のもとにまかれりけるに、簾の外に据ゑて物言ひけるを、簾を引き上げければいたく騒ぎければ、まかり帰りて、またの朝に遣はしける　藤原守正《もりただ》

荒かりし波の心はつらけれどすごしに寄せし声ぞ恋しき

女が男を外に座らせたまま、簾越《すご》しに話をしていたのですが、男は「もう入れてくれてもいいでしょう」と簾を上げて入り込もうとしました。すると女が驚いて声を上げ、まわりも巻き込んで大騒ぎになってしまいました。仕方なく男は帰り、翌朝「荒波のようなつらい仕打ちを受けたのは残念でしたが、簾越しに聞かせてくれた声は嬉しかったですよ」という歌を贈ります。「簾越し」と、波が「洲越し」に打ち寄せるというのが掛詞になっています。

いろんなことが起こりますが、やっとのことで男と女は逢うことができます。しかし、この時も「やっと逢えたね」というような歌は詠まれません。日本の恋歌には、喜びのレパートリーはないのです。次に歌が作られるタイミングは、男が明け方、女のもとから帰った時です。これを「後朝《きぬぎぬ》の歌」と言います。

人のもとより暁帰りて　　　　　　　　　　　　　　閑院左大臣

いつのまに恋しかるらん唐衣《からころも》濡れにし袖のひる間ばかりに

「明け方別れた時はつらくて泣いてしまったけれど、その袖がやっと乾いてきた昼間に、もうまたあなたに逢いたくなってしまっているのはどういうわけだろう」ということ。「ひる間」に「干《ひ》る間（＝乾く間）」と「昼間」を掛けます。「別れるのはつらかった、また夜を待ってすぐ行きたい」というのが後朝の歌の定型です。

こうした時に歌を贈るのは、一度逢った女に対して、男がまた通って来る意志があることを示すためです。女の方では、随分手間を掛けて男の気持ちを確認した後とは言え、この一度きりでもう通ってこなかったら、自分も自分の家も傷つけられたような結果となりますから、非常に不安です。男としてはそのことを理解し、夫婦関係を成立させる意志を示すことが求められたわけです。

◆平安時代の結婚

当時は婚姻が成立するには、男が女のところに三日続けて通うことが形式として必要だとされていたようです。三日目が終わると、女の家では結婚を記念して宴を開きます。露顕《ところあらわし》の儀《ぎ》と言います。

『後撰集』の歌が作られた平安時代は、女を嫁に取るのではなく、男を婿に取ります。一夫多妻制度と聞くと、男のところに女をたくさん集める大奥のようなあり方が想像されるかもしれませんが、そうではありません。男が若いうちは、婿入り先が経済的な面倒も見てやるのですが、男が経済的に自立できるようになると、第一夫人と共に独立し、自宅を構えるようになります。他の妻たちのところには本宅から通うわ

けですね。

女の親の死後は、遺産が潤沢でない場合、貴族女性がみずから収入を得る道は限られていますから、妻は夫の収入で暮らすことになります。これは通い先の妻の場合も同じですから、男は第二夫人・第三夫人がいる場合、その女性たちの家計も支えなければいけません。一夫多妻といっても、男の稼ぎがなければ当然成り立たないことです。

『源氏物語』の中で、光源氏は栄華の絶頂期に、六条院という広大な邸宅を設けて、これまで関係のあった女性たちをその中に集め、住まわせます。こういうのは男がよほど裕福でない限り無理です。一方、『伊勢物語』の有名な「筒井筒《つついづつ》」の段は、女の親が早くに亡くなってしまったために、貧困に陥ったケースです。若い夫婦は経済的に行き詰まり、生活のために男が別の女の婿に取られて、龍田山《たつたやま》を越えてそちらに逢いに行きます。元からの幼なじみの妻を捨ててはいないのですが、山の向こうの女が正妻になるわけです。元からの妻にとってはつらいことですが、男をけなげに送り出してやります。しかし男は後ろめたさから、逆に自分がいない間、妻が別の男を引き入れているのではないかと疑うようになり……という悲しい話でした。あの話では最後に、男は新しい妻と離婚してしまいますが、それはつまり経済的破綻を意味するのですから、純愛の勝利というような生やさしい話ではありません。

「筒井筒」の話は高校の古文の教科書によく載っているのですが、若い夫婦の家計は女性の実家が支えるものだという習慣を知らないと、男はずいぶん薄情に見えるのではないでしょうか。「何だ、貧しくなると金持ちの女に走るのか」と思った方もあるかもしれません。恐らく、女の方にも、本来は自分が夫を支えなくてはならない立場なのに、親がいなくなってしまってそれができず、迷惑を掛けているという意識があるはずなのです。まず経済的に自立していることを結婚の必要条件としている現代とは違いますし、今よりも結婚の年齢がずっと早いことも、考慮しなくてはなりません。

◆婚姻成立後の歌

さて、和歌の話に戻りましょう。ここまでの恋歌のやり取りでは、男の歌を中心に見てきました。ここからは女の歌に焦点を合わせましょう。というのは、婚姻成立後に歌を贈るのは、女の方が多くなるからです。

先ほどの「後朝の歌」においては、男は「また来たい」と言いますが、女も歌います。その内容は、「あなたの誠意は当てにならない、私は不安定な立場になってしまった」というものです。嬉しかったからまた来てね、などと言うことはありません。常に不安だというアピールを送り、たとえ他に通う先があっても男が自分のところに来るように要求し続けなくてはならないのです。百人一首の有名な歌、

忘れじの行く末までは難《かた》ければ今日を限りの命ともがな

は、儀同三司《ぎどうさんし》の母と呼ばれた高階貴子《たかしなのたかこ》が、藤原道隆《みちたか》（中宮定子《ていし》の父）が初めて通ってきた時、贈った歌です。「あなたは『いつまでも君のことを忘れたりしない』と言ったけれど、先のことはわからない。今は幸せなんだったら、今日で私は死んじゃいたいな」という歌で、確かに名歌ですが、男からしますと、これはひどく重いものを背負ったぞ、という気持ちになりそうです。

しかし、そうまでしても男女の仲とはうまくいかないもので、『後撰集』を見ても夫婦仲がうまくいっていない時の歌がたくさん出てきます。一つ詞書を挙げてみましょう。

・こと女の文を、妻の見むと言ひけるに見せざりければ、

恨みけるに、その文の裏に書き付けて遣はしける

夫のもとに、他の女からの手紙が来たので読んでいると、同居している妻が「見たい」と言います。君に関係のないことだから、と断ると、妻が嫉妬するので、仕方なく見せてやることにして、その手紙の裏に一首書き添えたという意味です。この詞書に続く歌は「ほら、裏にも何もないだろう？　気にすることなんかないんだよ」というものです。何だか彼氏の携帯を覗きたがる女性のようですね。

かりそめなる所に侍りける女に、心変はりにける男の、「ここにてはかく便なき所なれば、心ざしはありながらなむ、え立ち寄らぬ」と言へりければ、所を

替へて待ちけるに見えざりければ　　女

宿替へて待つにも見えずなりぬればつらき所の多くもあるかな

通い先の妻が、何かの理由で自宅を離れて、他の家に宿泊していたのですが、男の方がもう彼女に興味がなくなっていたらしく、やって来ないのです。その言い訳として、「ここはどうも通うのに都合が悪くてね。あなたのことを忘れてなんかいないけれど、なかなか立ち寄れないのさ」と言うのでした。女は居場所を替えて待ちますが、やはり男は来ません。そこで歌を贈ります。「家を替えて待ってみたけれど、結局あなたは来ない。あなたに気に入ってもらえない場所は、ずいぶん多いのね」ということです。

　男女は歌によって互いの距離を測り、真意を探り、自分の立場を訴えていました。現代の文学は、こういう使い方はできません。

和歌と手紙

◆声に出すものから書くものへ

ここまで恋の贈答歌を見てきましたが、そもそも和歌を人に贈る時は、どのようにしたのでしょうか。平安時代以前には、直接声で詠み掛けていました。『古事記』や『風土記《ふどき》』には、「歌垣《うたがき》」というものがあったことが記されています。それは一年の間の決まった日に男女が大勢集まり、互いに即興的に歌を掛け合って配偶者を求めるというものでした（『万葉集』では「かがひ」と言っています）。文献に遺らない古代から行われていた行事だと考えられ、恋歌の原形は

この場のやり取りにあるとする見方もあります。

そうしたお祭りのようなものでなくとも、平安時代以前にはそもそも日本語を書くための文字はありませんでしたから、すべての歌は声で詠み合うものでした。もし書こうと思えば、すべて漢字で記すしかありませんでした。『万葉集』も本来はすべて漢字だけで書かれています。今私たちが見る『万葉集』はひらがな交じりで書かれていますが、これは学者たちがその漢字を解読してくれているのです。

例えば、大津皇子《おおつのみこ》が石川郎女《いしかわのいらつめ》に贈った歌「あしひきの山の雫に妹《いも》待つと我立ち濡れぬ山の雫に」（愛するあなたを立ったまま待っていて、私は山の夜露に濡れてしまいました、という意味）は、『万葉集』では

足日木乃山乃四付二妹待跡吾立所沾山之四附二

と書かれています。いい歌として語り伝えられていたものと思われますが、さて文字で記録しようと思うとこうなってしまうのでした。こんな形で書かれていては、愛の言葉もいちいちクイズを解くように考えなくてはいけませんね。実際、『万葉集』の歌には、学者

によって解読が違う歌がたくさんあります。本人は読めるつもりで書いたのに、うまく読み取れないクイズになってしまっているわけです。

従って、奈良時代には和歌は文字を使わないのが普通だったのですが、それでも、『万葉集』を見ると、ごく一部の知識層は、歌を書いてやり取りしていたことがわかります。大伴家持《おおとものやかもち》は平城京から遠く離れた越中（富山県）に赴任していましたが、その間も都の人々からは歌が贈られ、家持もまた返しています。手紙の形で歌が贈られたものと思われます。こうした歌は、公務で都と地方とを往き来した貴族やその部下が、ついでに持っていってくれたもののようです。和歌を文字で書くという普通ではないことをしているのは、遠方の人に自分の心を伝えるために、手段が多少不自由でも何とかして和歌を贈りたかったからでしょう。

そうした状況が一気に変わったのは、平安時代に入ってからです。九世紀半ば頃にひらがなやカタカナが発明され、貴族社会に急速に広まりました。例えば、『竹取物語』は九世紀後半の作品ですが、そこではかぐや姫と求婚者たちが歌をやり取りする際、みな紙に書いていています。声を出して詠み合うことがなくなったわけではありませんが、主流は紙に書くものになっていったのです。

◆文字の美しさが重要

歌を紙に書くようになると、いろいろなことが変わっただろうと想像されます。声で詠み合っていた時は、いい声で朗々と詠み上げる男性は魅力的だったでしょう。女の若々しい声も、男性を惹き付けたはずです。しかし、手紙でやり取りするのが主流になるとどうでしょうか。「美しい字」が大事になってくるのではないでしょうか。

これは実際にそうであったことがわかっています。十世紀に入る頃に、ひらがなを美しく書く技法が開発されました。それは何文字かを続け書きにして、流れるように書く技法(連綿体)で、これを「みづくき」と言いました。今は「水茎」と書くことが多いですが、それは宛て字で、もともと「水の流れ」という意味の言葉でした。書道を習う人たちが必ず習う「高野切《こうやぎれ》」などがその典型ですが、十世紀半ばにはこうした書き方が完成していたことが、実際の遺品で確認できます。

その頃の有名な作品に、藤原道綱《みちつな》母の『蜻蛉《かげろう》日記』があります。その冒頭近く、貴公子として知られた藤原兼家《かねいえ》から求婚の歌をもらったことを記した箇所には、「紙も大した紙ではないし、非の打ちどころがないと評判を聞いていた筆跡も、まさかと思うほどひどかった」と不平を記しています。字がうまいかどうかが、男性の好感度に大きく関係していることがわかります。素敵な男性ならば、優雅で美しい筆跡の歌を贈ってきてほしい、という気持ちなのですね。

14頁でも書きましたが、求婚の歌が来た時点では、男女はお互いの姿を見たこともありません。声でやり取りしていた時代ならば、すぐ近くにいるわけですから、本人そのものの存在を強く感ずることができますが、手紙の時代では、書かれた手紙そのものが相手の人柄を表すものになったのです。『源氏物語』でも、光源氏がお姫様たちの人柄を筆跡から窺い知るシーンがいくつもあります。

実は、ひらがなは発明された当初はごく簡単なメモにしか使わない、間に合わせの文字でした。恋人たちが和歌のやり取りにひらがなを使い始めてから、急激に美しいものに変わっていったのです。みんな、文字を通して少しでも自分を魅力的に見せたかったのですね。和歌がなければ「みづくき」も生まれず、ひらがな書道も生まれなかったでしょう。そのことは、和歌に用いなかったカタカナでは連綿体も芸術作品も生まれなかったことと比べると、よくわかります。

◆和歌と共に発展した料紙

さて、先ほどの『蜻蛉日記』では、兼家からの手紙について、筆跡だけでなく「紙も大した紙ではなかった」と言っていました（原文は「紙なども例のやうにもあらず」。こういう時に選ぶような紙じゃないでしょう、という意味です）。筆跡の美しさを競うようになると同時に、使う紙も美しいものになっていきました。

『枕草子』には、そのことを示す実例がたくさん載っています。「清《きよ》水《みづ》に籠りたりしに」の段では、清少納言が休暇を取って清水寺にお籠りをしていた時、勤め先の主人である中宮定子から歌が届いたという話が載っています。それは

山近き入相《いりあひ》の鐘の声ごとに恋ふる心の数は

という歌でした。「入相の鐘」は夕暮れ時に撞《つ》かれる鐘で、定子は「あの鐘を聞くたびに、ああ、あの鐘が鳴る山寺のあたりにはあなたがいる、まだ帰ってこないのか、と毎日寂しく思っていますよ」という気持ちを伝えています。わざわざ手紙をくれた心遣いに清少納言は感激しますが、それは歌だけではなく、その紙のせいでもありました。中国風の装飾を施した高級な料紙《りょうし》で、赤く染められたものでした。夕暮れの空と響き合う、美しい色が選ばれていたのです。

紙は平安時代に生産技術が上がり、清少納言の時代にはいろいろな色に染めた高級紙が作れるようになっていました。『枕草子』には赤の他に青や緑などに染めた紙の手紙も出てきます。また、和紙を薄く漉《す》き上げる難しい技術も発達し、「薄様《うすよう》」紙が便箋として好まれるようになりました。

「なまめかしきもの」の段では、優美なものを列挙する中に「柳の萌え出でたるに、青き薄様に書きたる文付けたる」というのが見えます。早春、新緑の葉が伸び始めた柳の枝に、青く染められた薄様紙の手紙を結びつけた付け文ですね。枝と手紙の全体が同系色でまとめられた美しい贈り物であることがわかります。季節の植物に和歌を添えて送ることは古くから行われていて、この場合、もちろん歌にも柳が詠み込まれていたはずです。

薄様は重ねて使うこともできました。「五月の御精進《みしやうじ》のほど」の段では、藤原公信《きんのぶ》が初夏の花である卯花《うのはな》に付けて和歌を贈ってきますが、それは「卯花の薄様」に書かれていました。卯花は緑の葉と白い花の対照が印象的な花ですが、そのように白い薄様と緑の薄様を重ねて折ったものです。

十二単衣《ひとえ》と言うように、当時の貴族女性の衣裳はいろいろな色の衣を重ねていました。その重ね方を「かさね」と言い、代表的な重ね方には名前が付いていたのです。「卯花」はその一つで、公信の手紙ではそれを紙に応用してあったのです。ファッションが華麗になり、また洗練されていくのに連れて、手紙も美しくなっていったわけです。

「関白殿、二月二十一日に」の段は中宮定子のもとでの春の催しを描いていますが、定子をはじめとして女房たちも「紅梅」のかさねを身にまとっていました。これは紅と白を重ねることを言います。そこに定子の夫である一条天皇からの使者が到着し、手紙を届けます。定子はその場で返事を書くのですが、それは「紅梅の薄様」に書かれていました。清少納言は、その紙の選択が、定子の装束と同じ色で、本当にきれいだったと感嘆しています。

恋のやり取りは、平安時代になって文化の水準が上がってくると、より美しく雅びやかなものになっていきました。手間を掛けられた手紙は、それだけ深い心の証です。もらった人にとっては、とても大事なものとなったのです。

◆紙以外での和歌の伝え方

少し特殊なやり取りも見てみましょう。恋する男の代表選手として名高い在原業平《ありわらのなりひら》をモデルとしたのが『伊勢物語』ですが、「狩《かり》の使《つかい》」の話として有名な第六十九段では、主人公は伊勢の斎宮《さいぐう》を訪れます。そして、神に仕える存在である斎宮と秘密の関係を結んでしまうのです。決して誰にもこのことは漏らせません。そして、明日は伊勢を発つという夜、主人公は彼女と宴会で同席します。彼の前に持ってこられた盃を見ると、その底には歌の上句がひそかに書かれていました。

かち人の渡れど濡れぬえにしあれば

「入江を渡る時、徒歩で踏み込んでも着物が濡れることのないような浅い汀《みぎわ》、そんなふうにあなたとの縁《えにし》は浅いものでしたね（もう、お戻りになることもないのでしょう）」という意味です。私たちはもうこれでお別れです、ということなのですが、歌は半分しかありません。それは、彼からの言葉を待っているからです。男は照明のために燃やされていた松明《たいまつ》の炭のかけらを取って下句を書き付けます。

また逢坂《あふさか》の関は越えなむ

「いや、私は京都に戻っても、逢坂の関を越えてまたここにやって来ます。またあなたに『逢』いに来ます」と書いたのです。松明が燃える夜間の宴会で、誰にも知られてはいけない秘密のメッセージがやり取りされます。筆や紙を使ったのでは、何をしているのかすぐ怪しまれます。盃を手に取った人にしか見えない場所に書かれた上句と、周囲に気付かれないように近くに落ちていた炭のかけらで書かれた下句は、緊迫した状況での二人の結び付きを示すものです。
『伊勢物語』では、登場人物たちが普通でない手段で歌を贈ることで、ドラマティックな場面を作り出しているわけです。

◆その後の手紙の行方

ところで、二人の間で取り交わされた多くの手紙は、その後どうなるのでしょうか。幸福に添い遂げる夫婦も当然多いはずですが、離縁してしまうこともあるのは現在と変わりません。

右大臣住まずなりにければ、かの昔おこせたりける
文どもを取り集めて返すとてよみて送りける
典侍《ないしのすけ》藤原因香《よるか》朝臣《あそん》

たのめ来し言の葉今は返してむ我が身ふるれば置き所なし

『古今和歌集』にある歌です。作者の因香は天皇直属の女官で、右大臣源能有《よしあり》が彼女に通っていましたが、関係が途絶え、離婚が確実になりました。詞書には、これまで贈られた夫からの手紙をまとめて返却すると書かれています。歌は「あなたが愛を誓ってきた言葉をもうお返ししようと思います。手紙も私も、もう居場所がなくなったみたいですから」ということです。プライベートな内容なので、返すのが礼儀だったのです。

『源氏物語』「幻」巻では、光源氏が最愛の妻紫の上を亡くした後、自分の死期も近いことを感じて、後に彼女の手紙が残って困らないよう、処分しようとします。苦楽を共にした彼女からの大事な手紙を手にすると、涙が流れて止まりません。しかしすべてを破り捨て、最後に「手紙たちよ、妻のいる天へ昇って行け」という歌を詠んで、庭で燃やします。美しい紙にすばらしい筆跡で書かれた紫の上の手紙が燃え上がるシーンで、彼の物語も幕を閉じるのでした。

和歌は心を伝える道具でしたが、それが手紙という物体になることで、より大切にされるようになったことについてここではお話ししました。

旅立ちと餞《はなむ》けの歌

◆平安貴族の旅

次は旅立ちに関わる歌を紹介します。平安時代の貴族たちにとって、旅の機会は稀《まれ》でした。遠方に旅するのは、言うまでもなく現代より遥かに大変で、さらに危険なことでもありました。紀貫之の『土佐日記』では、たかだか四国から大阪港あたりに戻って来るだけの船旅なのに、ずっと海賊の襲撃を警戒し続けています。今とは治安の程度が違うのです。「観光旅行」のような習慣も、当然ありませんでした。

貴族が旅立つ最も普通の理由は、地方の受領《ずりょう》として赴任することです。受領は諸国の国《こく》庁《ちょう》の役人で、上から守《かみ》・介《すけ》・掾《じょう》・目《さかん》の四ランクがありました。守・介は今でいえば県知事・副知事などにあたりますが、中央の貴族が毎年の人事異動で任命され、派遣されるものでした（掾や目は現地の人も任用されます）。任期は普通四年間です。『更級《さらしな》日記』は、上総《かずさ》（千葉県）から都に上ってくる旅行記で始まりますが、あれは作者のお父さん（菅原孝標《たかすえ》）が上総守となり、四年間勤めた任期が明けて、帰ってくる旅でした。先に述べた『土佐日記』も、土佐（高知県）での任期を終えて帰ってくる旅ですね。

多くの貴族たちにとっては、受領に任命されるのは大変ありがたいことでした。今だと地方暮らしは嫌われるかもしれませんが、受領はとても儲かったのです。官吏が蓄財にいそしむのか、と眉をひそめたくなるところですが、都では何の権力もない中流・下流貴族でも、地方に行けばその国を代表する存在ですから、あちこちから利権を求めてお金が集まったのです。

『枕草子』の「すさまじきもの」の段はよく古文の教科書に採られますが、そこに「今度の人事異動でうちのご主人様が受領になるらしい」と聞いて一家が興奮する場面があるのはご存じかもしれません。結局それは誤報で、みんな打ちしおれてしまうのですが……。

◆贈り物に添える歌

さて、ある人物が受領に任命されたとします。赴任の準備を済ませ、出立の日が近づいてきますが、このあたりで和歌が登場してきます。任国に下る人々に対して、知人や同僚たちが贈り物をするのですが、それらに歌が添えられていることがあったからです。

下野《しもつけ》にまかりける女に、鏡に添へて遣《つかは》しける

よみ人しらず

ふたみ山ともに越えねどます鏡底なる影をたぐへてぞやる

信濃《しなの》へまかりける人に、薫《た》き物遣すとて　駿河《するが》

信濃なる浅間の山も燃ゆなれば富士の煙の甲斐やなからむ

どちらも『後撰集』から採りました。前の歌は下野国（栃木県）に下る女性に鏡を贈った時の歌で、「下野に下る途中にはふたみ山がありますが、私は一緒に越えて行くことはできません。この鏡に私の姿を映しますから、あなたに付き添わせて下さい」と言っています。あるいは作者は男性だったのでしょうか。贈られた鏡は当然箱に入っていましたが、「ふたみ山」という山を持ち出したのは、箱の「蓋」と「身」に引っ掛けているのです。蓋を開けるとその底には鏡が入っていて、一緒にこの歌が入っているのでしょう。この鏡には今開けた女性の顔が映っているはずですが、そこには贈った男性も姿を映していたわけですから、女性はその中に彼の姿を思い起こしたものと思います。

後の歌は信濃（長野県）に下った友人に、駿河という女房がお香を贈った時の歌です。お香は現在で言えば香水や芳香付き柔軟剤のように使う、生活必需品でした。「あなたが下る信濃は、浅間山が噴煙を上げている国だと聞いています。私は煙をくゆらすお香を差し上げますけれど、それはきっと必要ないことでしょう」という歌です。自分の呼び名が富士山のある「駿河」（静岡県）であることが利いていて、私が贈る富士山の煙も、あなたは目の前に浅間山があるんだから要らないわね、と冗談を言っているわけです。女性同士のやり取りでしょう。

ちなみに富士山は駿河と甲斐（山梨県）の両国にまたがる山ですが、歌の第五句「甲斐やなからむ」には国名の甲斐も響かせているのでしょう。浅間山は今でも時々煙が上がりますが、富士山も平安時代の初めに歴史的な大噴火をしていましたから、十世紀半ばの歌人にとっては、どちらも活火山のイメージだったのです。

旅立つ人への贈り物は、他にも衣服や扇、櫛、酒などいろいろなものがありました。そういったものに和歌が添えられているわけですから、旅行者の荷物の中には、現代で言えば、メッセージカードが付いたプレゼントがいっぱい入っていたようなものでした。プレゼントにカードを添える人は、読者の中にも少なくないと思いますが、それが和歌だったというのは、なかなか素敵なことではないでしょうか？

◆餞けの歌

さて、旅立ちの日が近付いてくると、いろいろな関係者が送別の宴を催してくれます。今と比べると地方の国々は本当に遠く、またいったん赴任すると四年間戻ってこないと予想されるわけですから、何か宴会でもやって送り出してやろうと思うのは自然なことです。付き合いの多い人であれば、出立間際にはいくつもの宴会が設けられました。

ここで、「うまのはなむけ」という言葉について説明しておきましょう。古代では、旅立ち

の儀礼の一つとして、乗って行く馬の鼻を目的地の方向に向けるというセレモニーがあったようです（実態はよくわかりません）。

それは見送る人たちが主催したので、次第に送別の宴全体を「うまのはなむけ」と呼ぶようになりました。さらにそこでプレゼントされる品物のことも指すようになり、ついに「はなむけ」と略されるようになって今に至ります。今だとよく花束などを渡すので、「花を手向《たむ》ける」という意味だと思っている方があるかもしれませんが、もともとは「鼻向け」でした。この宴会で詠まれた歌もたくさん遺っています。

人の馬のはなむけにてよめる　紀貫之

惜しむから恋しきものを白雲の立ちなむ後は何ごこちせむ

小野千古《ちふる》が陸奥介《みちのくのすけ》にまかりける時に、母の詠める

たらちねの親の守りとあひ添ふる心ばかりはせきな留《とど》めそ

『古今集』から採りました。最初の歌は「こうやって別れを惜しんでいる時からもう恋しいのに、あなたが出立してしまった後は、どんなにつらく思われるだろう」ということで、送別の宴会の歌はこのように「あなたが行ってしまうのはつらいです」と歌うものでした。

二首目は息子が遠い陸奥に赴任してしまう時の母親の歌で、「私は付いて行けないけれど、心はいつもこの子と一緒にいて、見守っています。途中の関所よ、この心だけは引き離さないで、通してやって下さい」という歌。子どもを遠くの大学などに送り出した経験のある方なら、よくわかる気持ちではないでしょうか。

見送りの人々は、いつまでも離れたくないと歌で訴えるだけではありませんでした。なんと出立の朝になると、友人たちが一緒に付いて来てしまうことが珍しくないのです。次の三首は一連の歌で、『古今集』に載っているものです。

源実《みなもとのさね》が筑紫《つくし》へ湯浴《ゆあ》みむとてまかりけるに、山崎にて別れ惜しみける所にて詠める

白女《しろめ》

命だに心にかなふものならば何か別れの悲しからまし

山崎より神南備《かんなび》の森まで送りに人々まかりて、帰り

がてにして別れ惜しみけるに詠める

人やりの道ならなくに大方は行き憂しと言ひていざ帰りなむ　源実

「今はこれより帰りね」と実が言ひける折に詠みける

慕はれて来にし心の身にしあれば帰るさまには道も知られず　藤原兼茂《かねもち》

源実という人物が、湯治《とうじ》のために九州に下る時の歌々です。京都から南下して大阪湾に出て、そこから舟に乗るわけですが、見送りの友人たちは山崎まで付いて来て、そこでひとしきり別れを惜しんだようです。平安京から山崎までは、仮に南端の九条からスタートしたとしても、川伝いに十キロ以上はあるところです。

「白女」は宴会に呼ばれていた遊女と思われ、「あなたのお帰りまで生きていられるとわかっているなら、このお別れは悲しくないでしょうに」と、遠方へ下る実とまた逢えるかどうかわからないと嘆きます。

なおも友人たちは付いてきて、神南備の森（場所不明）まで来てここでまた別れを惜しみます。今度は実が、「誰かに命令されたわけじゃない、自分が決めて旅立つんだから、行くのはいやだと言って都に帰ってしまったっていいんだけどなあ」とつらさを歌います。そして実は「さあ、これでもうみなさんお帰り下さい」と促し、やっと見送りの人々は帰路に着くのですが、藤原兼茂（友人でしょう）はなおも「僕の心は君を慕ってここまで来てしまったから、体は帰ろうとしてもどうにも動けないよ」と言って別れを惜しむのでした。

どうでしょう。何だか煩《わずら》わしいことですね。見送り客に何度別れの挨拶をしても、「いえ、これでもう逢えないかもしれないからもうちょっと一緒に」と言っていつまでも付いて来てしまい、「どうかこれでもう帰って下さい」と頼んでも「うん、帰らなきゃと思うんだが、心が君から離れようとしないんだ」と言って動かないのです。いったいどうしたらいいのか、困り果ててしまいそうです。

でも、旅に出る時に、延々十数キロも（片道です）一緒に歩いてきてくれる人たちがいるというのは、うらやましくはありませんか。こうした歌々を読んでいると、我々の社会はそういう心ある煩わしさを失ってしまっているのではないかと感じます。

◆任国から帰京の歌

さて、受領の赴任に話を戻しますと、彼等が任期を終えて帰京する時には、任地の人々が盛大に送り出してくれます。『土佐日記』では、帰京する貫之に対して、土佐の人々が次々に送別の宴会を催し、いろいろ金品を持ってくる様子が描かれています。受領は帰京すると任国の様子を報告するわけですから、その時にいろいろ便宜を図ってほしいという裏の意味もあるのでしょう。

　時代は遡りますが、『万葉集』によると、越中守だった大伴家持は、任期を終えて平城京に帰る際の「うまのはなむけ」の宴で、見送ってくれた部下に向かって次のように歌っています。

玉桙《たまほこ》の道に出で発ち行く我は君が事跡《ことと》を負ひてし行かむ

「玉桙の」は「道」の枕詞。「これから出発しますが、私はあなたが挙げた業績をしっかり朝廷に報告しますぞ」という意味で、それは要するに上層部に便宜を図りましょうということです。さすがにこんな歌は珍しく、一般にはやはり別れ難い心情を述べます。『百人一首』で名高い、在原行平《ありわらのゆきひら》の

立ち別れ因幡《いなば》の山の峰に生《お》ふるまつとし聞かば今帰り来む

も、彼が因幡国（鳥取県）から帰って来る時の別れの宴での作だと思います。「この因幡を後にしても、あなた方が待っていると聞いたら、すぐに帰ってきましょう」ということです。もちろん、そんなことを言っても実際に戻って来るはずはありません。しかし、今でも引っ越しなどでクラスメートと別れる時、旅立つ側は、「絶対また遊びに来るから！」と言って手を振ったりしませんか。現実には無理でも、そう言ってしまう気持ちは、嘘ではないはずです。

行平の歌は、因幡国に赴任する時に都で詠んだ歌だという説もあり、むしろそちらが普通の説なのですが、それはこのような気持ちを理解せずに、「因幡に帰って来ることはないのだから、『今帰り来む』と言う以上、都で詠んだ歌でないと不合理だ」と解釈しているのではないかと思われてなりません。

ここでは、送別の場面で詠まれる和歌について、そこに見られる心の交わし合いのさまざまをお話ししました。現代と比べると、当時は寂しさを相手に伝える言葉がこのように豊かであったことに驚かされます。

第二章

人生の節目の歌

失意と喜びの歌

◆平安貴族の出世と没落

次は、多くの人が経験せざるを得ない、不遇の苦しみに関わる和歌を紹介していきたいと思います。もちろん平安時代や鎌倉時代の貴族の人生と、現代の私たちの人生とは大きく違っていますから、そのまま重ねることはできません。しかし、人生が自分の思い通りにはならない、その悩みも、またそういう中で味わう喜びも、私たちと似通った点はあるのです。

男性貴族は成人すると、勤めを始めます。ここで大事なのは、今と違い、勤め先が一つしかないことです。天皇を頂点とする国家組織の中に属するしかないのです。現代ならば国家公務員職しかないようなものですね。そして、その大きな組織の中のポジションを示すのが「官位《かんい》」です。

貴族の位階は最も高いのが一位で、以下二位、三位《さんみ》……と下りて行き、第九位を「初《そ》

位《い》」と呼びますが、ここまでで終わります。ただし一位は神に相当する位で実際には任命されません。どんな官職に就けるかはおおむね官位によって決まっていました。五位に達すると一応いっぱしの貴族という印象で、四位《しい》になると天皇が執務する内裏《だいり》の清涼殿《せいりょうでん》に上がれる身分になります（殿上人《てんじょうびと》と言います。国会議事堂の門をくぐるような感じでしょうか）。三位に達すると「公卿《くぎょう》」の仲間入りです。公卿は大臣・大納言・中納言・参議といった人々の集まりで、今で言えば内閣に相当する国政審議・執行機関です。

しかし残念ながら、誰もが高い位に昇れるわけではありません。その血筋によって、上限はほぼ定まってしまいます。例えば代々五位どまりであるような家の息子は、まずその天井を打ち破ることはできませんでした。一方、親が公卿であるような男の子は、最初から五位でスタートできるという特典を与えられていたのです。六位にもなれないような下級貴族の家は、やがて生活が立ちゆかなくなり、貴族世界から脱落してゆきました。藤原氏・菅原氏・大江氏などの名族はどなたもご存じでしょうが、例えば百人一首の歌人で言うと赤染《あかぞめ》衛門《えもん》の赤染氏、凡河内躬恒《おおしこうちのみつね》の凡河内氏、春道列樹《はるみちのつらき》の春道氏などは弱小氏族で、この歌人たち以降は貴族世界でその名を目にすることがなくなります。没落してしまったのです。

一方で、最高位の公卿たちは、特定の家系で独占されていきます。特に、藤原道長が権勢を揮《ふる》った後は、彼の子孫たちが多くを占めてしまいます。貴族たちは、その実力と関係なく、家柄に厳しく縛られている存在でした。もちろん彼らは貴族なのですから、そもそも周囲から隔絶した上流階級の中でのことに過ぎないとは言えます。しかし、自分に見合った「別の世界」の選択肢がなく、また官位ですべてが計られる世界では、位階が一つ上がるか、据え置かれるかといったことは、現代では想像できない重みがあったのです。

◆仕事の苦悩を歌う

昇進に関わる苦悩の歌は、たくさん遺されています。第四勅撰集『後拾遺《ごしゅうい》和歌集』から挙げましょう。

年ごろ沈みゐて、よろづを思ひ嘆きて侍《はべ》りける頃

藤原兼綱《かねつな》朝臣

待つことのあるとや人の思ふらむ心にもあらで長らふる身を

詞書《ことばがき》は「長年昇進できないまま、すべてが嘆かわしく思われた頃」という意味。自分の人生に光が見えないことが、プライドの高い貴族たちには堪《た》えられないのです。「まだ何か人生に期待しているとまわりは見ているんだろうか。心ならずも生きている、というだけなのに」という歌です。まわりの目が「あいつ、まだ生きてるよ。何とかなると思ってるのかな」と冷笑しているように思われたのですね。「自分だって希望がないのはわかってる。生き恥をさらしていることだって、言われなくてもわかっているんだ」という焦燥感が伝わってきます。

身のいたづらになり果てぬることを思ひ嘆きて、播《はり》

磨《ま》にたびたび通ひ侍りけるに、高砂《たかさご》の松を見て

藤原義定《のりさだ》

我のみと思ひ来しかど高砂の尾上《をのへ》の松もまだ立てりけり

身が「いたづらになる」とは、期待するような官職が得られる望みがなくなってしまった状況を言います。義定には播磨（兵庫県）に先祖からの土地があったようで、時々管理のためにそこへ帰るのでしょう。もう社会に自分の居場所はない、という苦い気持ちを抱えて高砂に帰ってきて、昔からそこに立っている老松《おいまつ》を見たのです。「取り残されて一人ぼっちなのは自分だけだと思っていた。高砂の松もまだこうして立っているんだ」という歌です。松に共感を覚えるのは、寂しい慰めです。しかしこういう気持ちは理解できる、という方も、少なくはないでしょう。

さて、宮廷では毎年二回、人事異動があります。「司召《つかさめし》の除目《じもく》」と言います。多くの貴族たちにとっては、自分は選に漏れるのではないかという恐怖、やはり駄目だったかという絶望的な気分にさいなまれる季節でもありました。

田舎に侍りける頃、司召を思ひやりて　源重之《しげゆき》
春ごとに忘られにける埋もれ木は花の都を思ひこそやれ

春は司召のシーズンです。地方暮らしが続いていた重之は、都の友人に「僕は春が何度来ても花が咲かない埋もれ木みたいなものだ。花が咲き誇っているだろう都の様子を、遠い地方からただ思いやるばかりだ」と言い送っています。昇進できないということは、他人が自分を越えて行くということです。百人一首歌人の源俊頼《としより》の歌は、強烈にその劣等感を表現しています。

下臈《げらふ》に越えられて、叙位《じよゐ》の奥に書き付け侍りける
数ならぬ我身は市《いち》の溝《みぞ》なれや行き交ふ人の越えぬなければ

彼の家集『散木奇歌集《さんぼくきかしゆう》』から採りました。「僕は市場の隅を流れるドブなんだろうか。行き交う人々がみんなまたいで越えていってしまう」という意味。汚水を流す側溝に自分を喩え、徹底的に自虐しています。

◆世の中を悲観した歌

人生が思い通りにならない時、どうしても胸のうちはよくない方へ傾いていくものです。『古今和歌集』から少し引いてみましょう。

世中は昔よりやは憂かりけむ我身一つのためになれるか

詠み人知らず

「世の中というのは、昔からこんなにつらいものだったのだろうか、それとも私一人にだけつらいことが重なるように仕組まれているのだろうか」という歌。世界全体が自分に悪意を持っていると感ずるようになるのは、よくない兆候です。

物思ひける時、いときなき子を見てよめる　凡河内躬恒

今更になに生ひ出づらむ竹の子の憂き節しげき世とは知らずや

幼い我が子を見て、「タケノコはどうして今更この世に出てきたのだろう。この世界はつらいことばかりなのに」と言っています。タケノコは自分の子どもの比喩で、「節」は「竹」の縁語《えんご》です。躬恒は前述のとおり、栄達の望めない弱小氏族の人でした。彼の子どもも同じように苦労することは、生まれる前から決まったことなのです。しかし、赤ん坊にそんな悪態を吐《つ》いてどうするのでしょう。子どもの前途を素直に祝福できない心は、何かで濁っているようにも思われます。

時なりける人の、俄《にはか》に時なくなりて嘆くを見て、自らの嘆きもなく喜びもなきことを思ひて詠める

清原深養父《ふかやぶ》

光なき谷には春もよそなれば咲きて疾《と》く散る物思ひもなし

「脚光を浴びて時めいていた人が、突然すべてを失って嘆いているのを見て、自分には嘆きも喜びもないことを思って詠んだ」という詞書。「僕のいる場所は日光の射さない深い谷だ。春もそこにはやってこない。だからあんなふうに、美しい花が咲いては散っていく悲しみも、味わうことはないのさ」と言っています。活躍する人を妬《ねた》まずにはいられない暗い気持ちが、自嘲となって表れています。現代のインターネットの書き込みにも、こうした屈折した感情は漂っているかもしれません。

さて、前途に希望が持てない貴族には、一つだけ脱出の道がありました。それは世を捨てて出家することです。俗世のしがらみを断ち切って、精神的自由を得るのです。

しかし、一家の柱が出家してしまったら、家族や従者たちはどうするのでしょう。収入は絶たれ、妻や子どもたちは家長の庇護を失って路頭に迷うでしょう。ですから、子どもたちが自立するまでは、なかなかそういう道は取れないのです。

加階《かかい》し侍るべかりける年、えし侍らで、雪の降りけるを見て　　　　元輔《もとすけ》

憂き世にはゆき隠れなでかき曇りふるは思ひのほかにもあるかな

『拾遺《しゅうい》和歌集』の歌です。清原元輔は清少納言のお父さんですね。彼の官位が昇るはずだったある年、それは実現せず、雪が降っているのを眺めつつ「このつらい世間から隠遁もしないで、鬱屈したまま過ごすのは、まったく不本意なことだ」と詠みました。「行き―雪」「(世に)経《ふ》る―(雪が)降る」「思ひのほか―日のほか」という三つの掛詞《かけことば》があり、隠遁できない自分と、太陽も射さず雪に降り込められている情景が重ね合わされています。

　もし元輔が家族を置き去りにして隠遁してしまっていたら、清少納言は『枕草子』を書くど

ころではなかったでしょう。子どもの活躍の裏には、つらさに堪えて家族を支える父親がいたわけです。

◆昇進を祝う歌

苦しみの歌ばかり紹介しましたので、最後に、明るい歌を。まずは『古今集』の歌で、都も離れて奈良で引き籠もっていた弱小氏族の者が思いがけず昇進して、友達がお祝いの歌を贈ったものです。

石上並松《いそのかみのなむまつ》が宮仕へもせで、石上といふ所に籠り侍りけるを、俄に冠《かうぶり》賜りければ、慶び言ひ遣《つかは》すとて詠みて遣しける　布留今道《ふるのいまみち》

日の光籔《やぶ》し分かねば石上古《ふ》りにし里に花も咲きけり

「石上」は現在、石上神宮がある場所（奈良県天理市）。並松という人はそこを本貫《ほんがん》（本籍地）にしていたのでしょう。「ふる」の枕詞でもあります。「太陽の光は籔の中までも分け隔《へだ》てしないものだから、石上のさびれた里にもこうして花が咲いたんだね」ということで、「日の光」は天皇の恩寵の比喩になっています。布留は石上のすぐ近くですから、布留氏の今道は引き籠もっていた並松を、ごく近くで気遣っていた人だと思われます。よかったなあ、という安堵感が伝わってきますね。

『平家物語』にも出てくる武将歌人・源頼政は、老年になってから官位が昇進し、その後すぐ殿上人になる栄誉を得ました。その時に友人の藤原資隆《すけたか》から贈られた祝いの歌が彼の家集『源三位《げんざんみ》頼政集』に遺っています。

位山《くらゐやま》のぼるにかねてしるかりき雲の上まで行かむ物とは

「位山を登る」は官位昇進の比喩として、よく使われました。殿上人のことを「雲の上人」とも言いましたので、資隆は「官位が上がったと聞いた時、殿上人になるに違いないと思っていたよ」と祝福したのですが、まさにこの歌のように、貴族たちは「雲の上」を目指して「位山」の険しい道を登り続ける人生を送っていたのでした。そこには多くの挫折があり、またそれだけに喜びも一入《ひとしお》だったのです。

追悼の歌、お祝いの歌

◆家族を亡くした哀しみの歌

年齢を重ねてきますと、身内や友人の死にどうしても遭遇しなくてはなりません。古典和歌にも、もちろん家族を失った嘆きの歌は少なくありません。『万葉集』では「挽歌《ばんか》」と言っていましたが、『古今集』以降の勅撰集では、「哀傷《あいしょう》」という巻にこうした歌を集めています。

題しらず　　よみ人しらず
うつくしと思ひし妹《いも》を夢に見て起きてさぐるに無きぞ悲しき

『拾遺集』の歌。これは妻（「妹」は妻のこと）を亡くした歌です。夢で愛する妻と一緒に寝ていたのに、目が覚めると横にはいない。慌てて真っ暗な中で床《とこ》を探ってみて、ああ、もういないんだ……と寂しさがこみ上げる、ということです。

右大将通房《みちふさ》身まかりてのち、古く住み侍りける帳《とばり》の内に、蜘蛛《くも》の巣《い》懸きけるを見てよみ侍りける

土御門《つちみかど》右大臣女

別れにし人は来《く》べくもあらなくにいかに振舞ふささがにぞこは

『後拾遺和歌集』の歌。藤原通房はわずか二十歳で亡くなり、若い妻が残されました。古くからの俗信で、蜘蛛が巣を懸けると夫が通ってくる、というのがあったようです（『古今集』にも出てきます）。夫が通ってきた時に使っていた寝室に、蜘蛛（ささがに）の巣が懸かっているのを見て、「いなくなった彼は来るはずもないのに、どういうつもりなの？」と呟いています。彼女の現在伝えられる歌はすべて、通房が亡くなった後の

こうした独白で、止みがたい思いを綴った小さな歌集があったのではないかと思われます。

配偶者の死による小歌集には、和泉式部《いずみしきぶ》の「帥宮挽歌群《そちのみやばんかぐん》」と呼ばれる連作や、源平の戦いで夫を失った悲しみを歌う『建礼門院右京大夫集《けんれいもんいんうきょうのだいぶしゅう》』があってよく知られていますが、きっと名も知れぬ歌人たちの多くの作品があったことでしょう。どうしていいかわからない心の惑いを、一つ一つ小さな言葉にまとめていくのに、和歌はとても適した器だからです。

親や知人の死に際会した時の歌も見られますが、勅撰集を読んでいて目立つのは子どもを亡くした親の歌です。幼児・小児の死亡率が今よりずっと高かったという事情もありますが、やはり子どもに先に死なれる衝撃がいかに大きいかを語っているのだと思います。

二条前太政大臣の妻《め》亡くなり侍りてのち、落ちたる髪を見て詠み侍りける　　中納言定頼《さだより》母

あだにかく落つと思ひしむばたまの髪こそ長き形見なりけれ

『後拾遺集』にあります。人名が男性中心の面倒な書き方になっていますが、藤原公任《きんとう》の娘が亡くなった時に、その母が詠んだ歌です。娘が亡くなった後、娘の部屋に落ちている髪の毛を見付け「むやみに髪の毛が落ちて困る、と思っていたけれど、今はこの黒髪が形見になってしまった」という歌。母親は手ずから娘の長い髪を梳《す》いてやったこともあるはずです。今手の中にある髪は、いろいろな思い出につながったことでしょう。

敦敏《あつとし》が身まかりにけるを、まだ聞かで東国《あづま》より馬を贈りて侍りければ　左大臣

まだ知らぬ人もありけり東路に我も行きてぞ住むべかりける

『後撰和歌集』から採りました。「左大臣」は藤原実頼《さねより》。名誉職である太政大臣を除けば人臣の最高位です。彼はこの年左大臣に昇ったところでした。敦敏はその息子です。当時、貴族間の献呈物として馬は重要で、馬の主要な産地は東国でした。実頼は藤原氏を統率する権力者でしたので、当然その息子のところにも諸方から進物が集まりました。敦敏が若くして亡くなり、実頼が悲しんでいると、その死を知らない東国の者から「坊ちゃんのところでお使い下さい」と馬が贈られてきたのです。

今とは情報の伝達速度が違います。一カ月か二カ月は地方まで逝去の報は届かなかったでしょう。実頼はその文面を見て、「まだ知らない人もいたのだ。私も、東国に住めばよかった」と漏らします。「息子がまだ死んでいない国がある！　そこへ行きたい！　すべて、なかったことになってほしい」という気持ちです。

この歌は有名で、『大鏡《おおかがみ》』や『栄花物語《えいがものがたり》』にも出てきます。いかなる権力者も紛らわすことのできない悲しみに、心を動かされる人が多かったのでしょう。

◆歌でお悔やみを伝える

人の死は、遺族のみに関わるわけではありません。より多くの人たちが故人の死を悼むはずです。彼らがその悲しみを遺族に伝えるのにも、和歌は使われました。弔問歌《ちょうもんか》です。

高階成棟《たかしななりむね》、父に遅れにけりと聞きて遣はしける

惜しまるる人亡くなどてなりにけむ捨てたる身だにあればある世に

中宮内侍

『後拾遺集』にあります。成棟の父高階成順《なりのぶ》が亡くなった時、弔問のために贈られてきた歌です。作者の中宮内侍はこの時既に宮仕えを離れて出家し、高齢に達していました（勅撰集の名前の表示は、必ずしも歌が詠まれた時の肩書きに依りません）。「私のような世捨て人のお婆ちゃんが生きていて、成順さんのような、みんなが大切に思っていた人が先に死んでしまうなんてねえ」という意味。現在のお葬式でも、こういうお悔やみはよく聞くように思います。

出羽弁《いではのべん》が親に遅れて侍りけるに、聞きて「身をつめばいとあはれなること」など言ひ遣はすとて詠み侍りける

前大納言隆国《たかくに》

思ふらん別れし人の悲しさは今日まで経《ふ》べき心地やはせし

返し

悲しさのたぐひに何を思はまし別れを知れる君なかりせば　出羽弁

これも『後拾遺集』。出羽弁は宮中の女房です。彼女が親を亡くした時に、宇治大納言と呼ばれた藤原隆国が贈った歌とその返しですが、隆国も既に親を亡くしていました。詞書に「身をつめばいとあはれなること」とあるのは、「私も身につまされて悲しいことです」の意。歌は「つらいことでしょうね。親に死なれた悲しさで、とても生きていられるような気がしなかったでしょう。それに今日まで堪えてこられたのですね」の意。出羽弁は「あなたがそう言って下さらなかったら、悲しい思いをしたのは私だけではなかったんだ、と気付くこともできませんでした」と感謝の気持ちを述べています。

弔意を伝えるのは難しいことで、「このたびはご愁傷様で」の後、何も言葉が出てこないことがよくあります。また、いかにもありきたりな表現しか使えずに、反省することもあります。でも、何も言わないよりは何か伝えた方がいいのでしょう。

次の歌は、女性歌人の伊勢《いせ》が子どもに死なれた時、友人の平定文《さだふん》が贈ったものです。『拾遺集』に入っています。

思ふより言ふはおろかになりぬれば喩へて言はむ言の葉ぞなき

「思っていることが、口に出すととてもありきたりになってしまうんだ。君に贈る言葉が、どうしても見付からないよ」という意味です。これはこれで率直な気持ちですね。

◆長寿繁栄を祝う歌

今度は逆に、おめでたい歌のお話をしましょう。まずは長寿を祝う歌です。

古くは四十歳からお祝いの儀礼があり、十年ごとに繰り返されました。これを「算賀《さんが》」と言い、「四十の賀」「五十の賀」……のように称します。さすがに四十歳では平安時代であっても長生きとは言えませんが、昔は誕生日を祝う習慣がありませんでした（正月元日にみんな一斉に年齢を加えたのです）。元気に年を重ねていることをみんなで喜ぶ機会がなかったわけですから、それに代わるものだと思っていただくといいかもしれません。

貞辰《さだとき》の親王《みこ》の伯母の四十《よそぢ》の賀を大堰《おほゐ》にてしける日詠

める

亀の尾の山の岩根をとめて落つる滝の白玉千世の数かも　**紀惟岳《これをか》**

『古今集』の歌です。大堰川（桂川）のあたりで四十の賀が行われた時のもので、「亀の尾の山」は今の亀山を言います。渡月橋《とげつきょう》のそばですね。亀の名を持つめでたい名所が近くにあったので、それにあやかったわけです。「亀山を流れ落ちる滝のしぶきは、まるで真珠が乱れ散るよう。あなたの寿命は、あの真珠の数が限りないように、いつまでも続くでしょう」という意味。きらびやかな賀歌です。

清慎公《せいしん》、五十の賀し侍りける時の屏風に　**元輔《もとすけ》**

君が代を何に喩へむさざれ石の巌《いはほ》とならむ程も飽かねば

これは『拾遺集』。「清慎公」は先ほど出てきた実頼です。清原元輔は祝賀の場に立てる屏風に和歌を添える役割で、『君が代』では、『さざれ石が巌になるまで我が君は栄える』と言っていますが、そんな喩えでは足りません。もう喩えるものも見付からないほど長くお栄えになるでしょう」という景気の良い賀歌を献呈しています。

次に、子どもの誕生祝いの歌を見てみましょう。赤ん坊が生まれると、その日から数えて七日目に「七夜《しちや》」という祝宴がありました。

産屋《うぶや》の七夜にまかりて

能宣《よしのぶ》

君が経む八百万世《やほよろづよ》を数ふればかつがつ今日ぞ七日なりける

百人一首歌人の大中臣能宣《おおなかとみのよしのぶ》の歌で、やはり『拾遺集』にあります。「あなたがこれから生きる人生は測り知れない長さ、今日はやっとその七日目になったのです」ということ。「七夜」という数字に無限を意味する「八百万」を対比し、この子のこれからの人生を高らかに祝福しています。

匡房《まさふさ》朝臣生まれて侍りけるに、産衣《うぶぎぬ》縫ひて遣はすと
て詠める

赤染衛門《あかぞめえもん》

雲の上に昇らむまでも見てしかな鶴の毛衣《けごろも》年経《としふ》とならば

『後拾遺集』から。赤染衛門に孫が生まれた時に、赤ん坊用の産衣を縫って贈るのに添えた歌。「この白い衣は鶴の翼のようでしょう？　この子が鶴のように長生きして、雲の上まで羽ばたいていく（殿上人となることの比喩）ところが見たいわねえ」ということ。彼女はこの時八十歳ほどだったと推定されています。お婆ちゃんの嬉しさが感じられますね。この幼児は大江匡房《おおえのまさふさ》で、後に平安後期最高の学者となりました。

子どもは成長し、子ども服から一般の服に着替える「袴着《はかまぎ》」（今で言うと小学校入学くらい）などを経て、やがて成人（元服《げんぷく》）します。決まった年齢はなく、だいたい十代半ばくらいでした。今でいうと義務教育修了くらいでしょうか。男の子は冠を着ける儀式があり、『伊勢物語』の主人公はその「初冠《ういこうぶり》」を終えるとすぐに女性探訪に取り掛かっています。女の子は「裳着《もぎ》」という儀礼があり、大人の女性の着る裳（女房装束で、後ろに長く引きずる装飾的なもの）を初めて着けるのですが、こうした儀式は知人も呼んで華やかに行われたようです。

人の幼き腹々の子どもに、裳着せ、冠《かうぶり》せさせ、袴着
せなどし侍りけるに、かはらけ取りて　**源重之**
色々にあまた千歳《ちとせ》の見ゆるかな小松が原に鶴《たづ》や群れ居る

『後拾遺集』から。妻たちに生ませた子どもたちがそれぞれの儀礼の頃合いになったので、いっぺんに行ったのですね。ゲストとして呼ばれた重之は「かわらけ」を取り（酒杯を手にして、ということ。今でいうと乾杯の発声みたいなものです）、「見渡すと、小さな松や鶴がたくさんおりますな。これから過ごす千歳が目に浮かぶことです」と寿《ことほ》いでいます。

　ここでは死ぬことや生まれることに関する歌を扱いました。人生のいろいろな場面で、和歌は働いていたわけです。

生活の端々で詠まれた歌

◆友人へのお誘いの歌

これまで恋のやり取り、旅立ちの餞別《せんべつ》、不遇と昇進、死別や誕生祝いなど、いろいろな人生の場面の歌を取り上げてお話ししてきました。今回は、もっと日常生活に即した歌をいくつか紹介しましょう。和歌が最も貴族生活の端々に浸透していたのは、『後撰集』の時代（十世紀半ば頃）です。今回の歌々は、まずこの勅撰集から採りましょう。

現代の我々は、インターネットを介したいろいろなメディアによって、友人とひっきりなしに連絡を取り続けています。電話もあります。しかし、昔はそういう手段はもちろんありません。話をするには、会わなくてはならないわけですね。『後撰集』には、友人に「ぜひ家に来てほしい」と訴える歌がいくつも載っています。

友だちの訪《とぶら》ひ詣《ま》で来ぬことを恨み遣はすとて

白妙《しろたへ》に匂ふ垣根の卯花《うのはな》の憂くも来て訪《と》ふ人のなきかな

詠み人知らず

夏の歌で、「うちの垣根は真っ白な卯花が盛りです。それなのにそれを誰も見に来ないなんて、困ったことです」と恨みを言い送ったものです。「恨み」とは言いますが、深刻なことではありません。うちの花を見せたいんだけど、来てくれないの？　という軽い誘いだと思っていただいて結構です。もう一つ挙げておきましょう。これも詠み人知らずです。

来て見べき人もあらじな我が宿の梅の初花《はつはな》折り尽くしてむ

これは春先ですね。「どうせ誰も見に来てくれやしないだろうさ。うちの梅はせっかく最初の花を付けたけれど、そんなものは全部折り取ってしまおう」ということで、ずいぶんふてくされたような言いぐさですが、実はこれも友人に贈ったものだと考えられます。きっと折り取った梅の枝がこの手紙には添えられていたのでしょう。「ほら、こんなふうに梅が咲いたんだ。うちに見に来いよ」と誘っているのです。

卯花が咲いたというのも、梅が咲いたというのも、本当は口実に過ぎません。季節の花々にかこつけて、お互いを誘い合っていたわけです。

◆楽しかった時間を振り返って

さて、そうやって友人と会って、長話に夢中になる楽しみを味わうと、帰ってしまった後いっそう「また会いたい」と思うものではないでしょうか。百人一首に採られた紫式部の「めぐりあひて見しやそれとも分かぬ間に雲隠れにし夜半《よは》の月影」はそういう思いを友人に伝えた歌なのですが、同じようなタイプは少なくありません。次の歌は『古今集』から取りました。

女友達と物語りして、別れてのちに遣はしける

飽《あ》かざりし袖の中にや入りにけむ我が魂のなき心《ここ》ちする

陸奥《みちのく》

陸奥という女房が、女友達と会っていろいろおしゃべりをして、別れた後で相手に贈った歌です（「物語り」はもともと雑談のことです）。身を寄せ合ってどうでもいい話に興じた後で、相手が帰ってしまうと、何だか自分の心が相手の体と一緒に行ってしまったような気がしたのです。「もっと一緒に話していたかったけど、帰ってしまったあなたの袖の中に入り込んでしまったのかしら。心が自分から出て行ってしまったみたいな気がする」という意味なのですが、きっと体をぺったりくっつけてあれやこれやおしゃべりをしていたのでしょう。感覚的にはよくわかる気がしませんか。

遠方にいる友人に贈る歌もあります。これも『古今集』。

筑紫《つくし》に侍りける時にまかり通ひつつ碁《ご》打ちける人の

もとに、京に帰りまうで来て遣はしける　紀友則《きのとものり》

故郷《ふるさと》は見し如《ごと》もあらず斧の柄《え》の朽ちし所ぞ恋しかりける

百人一首歌人紀友則は、受領《ずりょう》として九州（筑紫）に赴任していたことがあったようです。と言っても、友則は決して身分の高い人ではなかったので、長官（守《かみ》）とか次官（介《すけ》）のような偉い立場ではありません。後に土佐国（高知県）に赴任した時も、「介」の下の「掾《じょう》」でしたから、筑紫赴任時はさらに下のポスト、「目《さかん》」であったかもしれません。今でいうと、若手社員が本社から九州支店に数年間出向を命じられたというようなイメージでしょうか。

友則は九州で親しい友人ができました。しょっちゅう彼の家に行っては、囲碁に興じていたのです。年齢も近かったことでしょう。京都へ帰ってから、彼に贈ったのが右記の歌です。歌の中に「斧の柄が朽ちる」という中国故事が出てきます。これは日本で言えば浦島太郎のような話です。ある木こりが山深く入っていくと、老人二人が囲碁を打っていました。木こりも持ってきた斧を近くの木に立て掛け、その対局を面白く観戦していたのですが、ふと気付くと置かれていた斧の柄が朽ち果てていた、というのです。慌てて山を下りてみると自分の住んでいた里はもう見知らぬ人ばかりになっていて、実は大変長い年月

が知らない間に経過していたのでした。そこで、あれは仙人たちだったのだ、と木こりは気付くという話です（「王質爛柯《おうしつらんか》」と呼ばれる故事）。

四年間の地方暮らしを終えた友則が都に戻ってきてみると、周囲の状況は変わっていて、ちっとも親しめないものになってしまっていました。そのため九州の友人に宛てて「僕は里に戻った木こりみたいだよ。君と碁盤を挟んでいた時の方が、ずっと楽しかった」と言い送ったのです。あるいは、遠くにいる友人にしか言えない気持ちだったのかもしれませんね。

◆和歌に見る平安の暮らしぶり

別のタイプに移ります。必要な日用品がたまたま手許になくて、友人に「貸してほしい」と頼むのは今でもあることでしょう。しかし、そういう時に和歌を用いてやり取りすることがありました。『後撰集』に戻りましょう。

直垂《ひたたれ》乞《こ》ひに遣はしたるに、「裏なん無き。それは着じとや、いかが」と言ひたれば

藤原元輔《もとすけ》

住吉の岸とも言はじ沖つ波なほうち掛けよ浦は無くとも

「直垂」（ここでは布団のように打ち掛ける、衣服の形の夜具）を貸してくれと知人に頼んだところ、「裏地を付けてないのならあるけれど、それじゃ駄目かな。どう？」と返事が来たのです。当時の貴族たちは、自宅で侍女《じじょ》たちが裁縫をすることが多かったので、そちらで裏を付けて着るか？　と聞かれたわけです（夜具をかぶって寝るのも「着る」と言いました）。元輔が送った歌には掛詞や縁語がふんだんに出てきますが、簡単に言うと「着ないなんて申しませんよ。裏はなくてもいいですから、ぜひ送って下さい」ということです。「着じ」→「岸」、「裏」→「浦」と同音異義語に変換して、波が岸や浦に打ち掛けるという言葉のつながりに仕立ててあるのですが、そのへんはまあ軽い遊びのようなものです。

次は、忘れ物を届けてやる歌です。

物に籠《こも》りたるに、知りたる人の局並《つぼね》べて、正月行ひて出づる暁に、いと汚げなる下沓《したうづ》を落としたりけるを、取りて遣はすとて

詠み人知らず

蘆《あし》の浦のいと汚くも見ゆるかな波は寄りても洗はざりけり

貴族たちは山寺などに数日籠もって勤行《ごんぎょう》をすることがありました。宗教的な行為ではありますが、休暇を取ってリフレッシュに行くような意味もあったのです。「知りたる人の局並べて」とは、知人も同じお寺に来ていて、隣の部屋に泊まっていたということ。その知人が先に勤行を終えて寺を後にしたのですが、そうしたら彼の履いていた下沓（今で言う靴下）が落ちていたので、自宅の方へ送ってやることにしました。それに付けた歌です。これはまことにふざけた歌でして、すぐには何のことかおわかりにならないと思いますが、「蘆の浦」に「足の裏」が

引っ掛けてあるのだとわかれば思わず笑ってしまうでしょう。「なんて汚い足の裏なんだ。お前は洗ってないんだろう」ということです。汚ねえ下沓だなあ、と言って送ってやったわけですね。

◆日々の業務にも和歌を活用

宮廷での仕事に関わって和歌がやり取りされることもありました。

兼輔《かねすけ》朝臣《あそん》、左近少将《さこんのせうしやう》に侍りける時、武蔵《むさし》の御馬迎へにまかり立つ日、俄《には》かに障《さは》ることありて、代りに同じ司《つかさ》の少将にて迎へにまかりて、逢坂《あふさか》より随身《ずいじん》を帰して言ひ送り侍りける

藤原忠房《ただふさ》朝臣

秋霧《あきぎり》のたち野の駒《こま》を牽《ひ》く時は心に乗りて君ぞ恋しき

近衛府《このえふ》（左近衛府と右近衛府に分かれていて、それぞれ左近・右近と略称しました）の職掌に関わる詞書が付いています。宮廷で使う馬は東国産で、秋になるといろいろな牧場からはるばる京都へやって来ることになっていました。その馬たちを逢坂山で受け取るのは近衛府の役人の大事な仕事だったのです。ある年、藤原兼輔がその役にあたっていたのですが、当日になって急に支障が生じて行けなくなってしまいました。そのため、同じ職にあった忠房が代理に立ちました。受け取りの儀式は無事終わり、忠房は馬の行列を率いて都へ向かいますが、同時に自分の部下（随身）を一人、先に都へ帰らせて兼輔のもとへ行かせるのでした。

この時、忠房は兼輔に儀式が無事済んだという報告をするはずです。自分が仕切るべき重要な儀式をやむなく欠席した兼輔にしてみれば、うまくいったかどうか気になっているはずだからです。忠房は部下に命じて報告させると共に、歌を一首贈りました。その内容は「たち野（牧場の名。「秋霧の」は枕詞）の駒を牽いて帰りますが、あなたがここにいたら、と思われてなりません」というものでした（「乗る」と「駒」が縁語になっています）。これは、あなたがここに来られなかったのが残念だという気持ちを伝えて、兼輔を気遣っているのです。事務連絡だけでない、相手への気遣いを示すのに、和歌はよい手段でした。

もう一例挙げましょう。

ある人のもとに、新参《にひまゐ》りの女の侍りけるが、月日久

しく経て、正月《むつき》の一日頃に前《まへ》許されたりけるに、雨の降るを見て

詠み人知らず

白雲の上知る今日ぞ春雨《はるさめ》のふるに甲斐《かひ》ある身とは知りぬる

人事異動の場面です。ある高貴な方の女房として勤め始めた女性が、長い下積み生活を経て、主人の前に直接出仕してお世話できるポストに引き上げられた（「前許されたりけるに」）のですが、その初お目見えに参上した時の歌です。女房にもいろいろなランクがありまして、主人のお姿を遠目で拝するのがやっと、という女房たちも当然いたのです。やんごとない方のそばで働き、直接お声を掛けていただける立場になるというのは大変な感激でした。しかし初めて足を踏み入れる晴れがましい場所で、さあ何かご挨拶をなさい、と言われたら、感激と緊張のあまり、すぐにはきちんとした言葉も出ないのではないでしょうか。彼女は何と言っているのでしょうか。

旧暦の正月一日は春です。お庭には静かに雨が降っていました。「雲の上のような光溢れる場所に、今日初めて昇って参りましたが、今になってみると、雨の降る雲の下で長く働いてきたことに意味があった、報われたと感じております」というのが歌の内容です。

春雨が「降る」のと、下積みの状態で「経《ふ》る」ことが掛詞で重ねられています。なかなかいいスピーチではないでしょうか。

和歌は日常の中でごく普通の心を伝えることができるものでした。ここで取り上げた例は、どれも特別な場面ではありません。私はこういう、些細なやり取りの歌がとても好きです。以降は少し趣向を変えて、和歌の別の働きについてお話ししましょう。

白雲の上知る今日ぞ
春雨のふるに
甲斐ある身とは知りぬる
祝
昇進

第三章
みんなで詠む歌

歌会の実際

◆宴会で詠む即興の歌

ここまで、ある人から相手へ、一対一で贈る歌を中心にお話ししてきました。しかしそれとは違って、みんなで集まって詠むタイプの歌があります。これを歌会（「かかい」または「うたかい」）の歌と言います。

歌会は、そもそもは宴会の中でみんなが歌い合うものでした。歌を詠むために集まったわけではありませんので、この段階ではまだ歌会とは言えません。こうした時期のあり方をよく示すものとして、『伊勢物語』を例に取りましょう。『伊勢物語』は架空の「男」（「昔、男ありけり」とそれぞれの話が始まるので、彼のことを「昔男」と呼んだりします）を主人公とした物語ですから、事実ではありませんが、当時の和歌のあり方一般からそう逸脱したものではなかったはずです。なお『伊勢物語』ができたのは九世紀の終わり頃から十世紀の半ば頃まで、少しずつ話が増えて今のような形（全百二十五段）になったものと想像されています。

まず、有名な「渚《なぎさ》の院」の段（第八十二段）では、惟喬《これたか》親王や昔男の一行が水無瀬《みなせ》に狩猟に出かけますが、「狩は懇《ねん》ろ《ご》にもせで、酒をのみ飲みつつ、やまと歌に掛かれりけり」とあります。彼らは実は満開の桜を肴《さかな》にお酒ばかり飲み続けていまして、現代の花見客たちと何ら変わりません。そして、そういう宴会の中で和歌を詠むのです。ここで詠まれたと伝えられるのが有名な「世の中に絶えて桜のなかりせば春の心はのどけからまし」ですが、本当にそうならばずいぶんいい気分で詠んだ歌だったことになりそうです。実は『伊勢物語』での歌の場面は、こうした酒席でのものがずいぶんあるのです。

第八十一段では左大臣の豪邸に招かれた貴人たちが「夜一夜、酒飲みし遊びて、夜明けもて行く程に、この殿《との》のおもしろきをほむる歌詠む」という場面が出てきます。みんなで邸宅のすばらしさを讃える歌を詠んだというのですが、これももともと歌を詠むための集まりではありません。一晩中お酒を飲んで、夜明け頃に歌を詠んだというのですから、もはや素面《しらふ》の人も残っていなさそうな状況ですね。

今の例で、「この殿のおもしろきをほむる歌」を詠んだとありましたが、このように今みんなで詠むべき歌のテーマが示されることがありました。これを歌の「題」と言います。花見の宴会であれば、もちろん桜のすばらしさが「題」となったことでしょう。

第八十五段では、京都郊外にあった惟喬親王の邸宅に、昔男たちが年始の挨拶に訪れます。来客に酒が振る舞われるうち、雪はどんどん降りつのって、都に帰れなくなってしまいました。みんな酔っぱらった状態で「『雪に降り籠められたり』といふを題にて、歌ありけり」と記されています。

ここまで見てきたような例では、昔男たちは歌を詠むために集合したのではなく、集まってお酒を飲んだ盛り上がりの中で、歌を口々に詠んだわけです。雪に降り籠められて帰れない、という状況を予想していたら、そもそもそんな郊外の家には行かないでしょう。行ってみて、たまたまそういう状況に置かれたことをきっかけに、歌が作られたわけですね。

みんなで集まって詠む歌は、本来そういうものでした。現代の日本では、カラオケがあればマイクを持って歌うという人はずいぶん多くなりましたが、宴会で興に乗って「今日の集まりは楽しいなあ」というような歌を歌うことはありません。しかしそういう時代もあったのです。沖縄ではそういう文化がまだ生きていて、お酒が入って宴会が盛り上がると人々が次々に即興の歌を歌い、三線《さんしん》を弾き、踊ることがあるのだそうです。先に引いた『伊勢物語』第八十一段には、昔男たちは一晩中「酒飲みし遊びて」とありましたが、この「遊び」は古文では音楽を演奏したという意味で、やはり楽器を持ち出して楽しんだことがわかります。

◆格式の高くなった歌会

ところが、平安時代の中頃を過ぎると、歌を詠むことが主目的であるような集まりが多く行われるようになっていくのです。

天喜四年（一〇五六）の春の終わりに行われた「新成桜花《しんせいおうか》の宴」を例に挙げてみましょう。この日、後冷泉《ごれいぜい》天皇の内裏《だいり》に公卿《くぎょう》たちが召され、音楽家たちによる雅楽が格調高く演奏されると、夜に入り明かりが灯《とも》され、役人たちが出席者の前にお酒と食事を給仕します。権大納言が和歌の題を天皇にお見せします。それは事前に会議で決められ、漢文の専門家がチェックしておいたもので、「翫新成桜花（新成の桜花を翫《もてあそ》ぶ）」という漢文の題でした。天皇が「よろしい」とおっしゃると、権大納言は荘重な序文を発表します（もちろん事前に推敲《すいこう》を重ねた名文です）。そして自作の和歌を詠み上げると、参加していた群臣が順番に歌を披露するのでした。それらはすべて自宅でしきたりにのっとって清書してあったもので、それをうやうやしく読み上げたのです。以上は、平安末期に作られた和歌作法書『袋草紙《ふくろぞうし》』に拠りました。ちなみに、「新成桜花」とは、この時内裏に装飾品として設置された造花の桜でした。

いかがでしょう。『伊勢物語』の昔男たちの楽しい宴会とは、だいぶ様子が違いますね。こんな場に参加していたら、歌を詠もうにも、緊張のあまり声が出なくなってしまいそうです。この時の様子は役人によってきちんと記録が取られ、そこで詠まれた歌の中には、のちに『新古今和歌集』に採られるような秀作が含まれています。

後冷泉院の御時、御前にて、「翫新成桜花」といへる心を、をのこどもつかうまつりけるに　大納言忠家《ただいえ》

桜花《さくらばな》折りて見しにも変らぬに散らぬばかりぞしるしなりける
大納言経信《つねのぶ》

さもあらばあれ暮れ行く春も雲の上に散ること知らぬ花し匂はば

前の歌は本物と見分けの付かない精巧な造花を讃え、後の歌はこれなら春が過ぎても決して散らないと喜ぶ内容です。へべれけになった昔男たちが、楽器片手に即興で詠むようなものではなく、入念に準備された、晴れがましい文学作品となったわけですね。こういうものが、典型的な「歌会」の姿です。

これは内裏での晴《はれ》の会という、最も格式の高い例を挙げたので、『伊勢物語』との落差が特に大きいわけですが、一般貴族の家でも、歌を詠むことを目的に集まることが多くなっていました。そこでは多くの場合、歌の題は参加者に事前に送られていて、参加者は懐《かい》紙《し》に自作をきちんと清書して持ってくることになっていました。

当日題を渡すタイプの歌会もありましたが、それは「当座」の歌会、と呼び分けるようになりました。その場合でも、やはりその場で清書はします。口に出しておしまい、ということはなくなりました。

ちゃんとした「歌会」では、歌を読み上げるのは歌を詠んだ人自身ではなくなります。みんなの持ち寄った懐紙を集め、しきたりをよく知っている人が読み上げ役を務めます（「講師《こうじ》」と言います）。参加者はそれを静かに聞いているのです。

毎年正月に行われる「宮中歌《うた》会《かい》始《はじめ》」をご存じでしょうか。テレビのニュースでその様子がごく短く紹介されています。皇室の方々の歌や、全国から寄せられた歌を、講師を務める方々が、正装して長々と歌う（伝統的に決められたメロディがあります）ものです。ああいうものを想像するとよいと思います。

題は、先ほど述べたとおり、本来は集まった人たちのその場の状況を詠むものでした。しかし、次第にそういうことから離れ（あらかじめ自宅で作ってくるので、みんなで「今共有している」風景や状況はなくなってしまったからです）、単にその会が開かれる季節の美しさを表現する程度のものになっていきます。春ならば「桜」、夏ならば「時鳥《ほととぎす》」、秋ならば「月」、冬ならば「雪」といったことが題として出され、桜はいいねえ、雪が積もるときれいだねえ、といった一般的な感慨が和歌の内容となっていくのでした。

◆漢詩の会に倣《なら》う

実は、右に述べた「歌会」の形は、漢詩の会のやり方を真似《まね》たものでした。漢詩は中国からやってきて、最も格式の高い文芸として近代まで尊ばれてきたものです。その会は、やはり事前に題を出して、懐紙に書いた詩を提出するものでした。ネイティヴの中国人でない限り、その場ですらすらと漢詩を即興で作れる人は稀《まれ》でしょう。事前の推敲や、添削指導が当然必要だったのです。

先ほどの「翫新成桜花」歌会の題は、漢文の専門家がチェックしていたとお話ししました。それは、歌会の題も漢詩の会の題に準ずるものとされたために、漢文のプロこそ出題者にふさわしいとされたからなのです。清書する懐紙の書き方も漢詩の会に倣ったので、和歌の前にずいぶんとことごとしい前書きが付くようになりました。
例えば、鎌倉時代中期の弘長三年（一二六三）春、後嵯峨《ごさが》上皇の仙洞《せんとう》御所（亀山殿）に、亀山天皇が行幸《ぎょうこう》した時の歌会では「花契遐年（花、遐《はる》かなる年を契《ちぎ》る）」という題が出され、時の関白藤原良実《よしざね》は次のように懐紙を記しました。

春日侍行幸亀山仙洞同詠花契遐年応製和歌
関白従一位臣藤原朝臣良実上
咲く花もかひこそ見ゆれ亀山の名に負ふ宿の千代の行幸《みゆき》に

最初の漢文は「春の日、亀山の仙洞の行幸に侍《じ》して、同じく花遐かなる年を契るといふことを詠める、製《せい》に応《こた》ふるやまとうた」などと読みます。「春の日に亀山殿に天皇が行幸なさるのにお供して、『桜の花は永遠に咲き続けてこの御所の主人（後嵯峨上皇）と共に栄えるであろう』という内容の歌を、仰せに従って詠んだ」という意味です。次に彼の正式な肩書きが記されています。末尾の「上」は「たてまつる」と読み、この歌を天皇に献上したことを意味します。

今でも、お茶会などで、掛け軸としてこうした昔の歌会の懐紙が掛けられることがあります。最初に難しい漢字が並んでいるような時は、これは漢詩のやり方に倣ったからだ、とお考え下さい。

◆贈答歌から題詠の時代へ

さて、このようにお話ししてきますと、何だか和歌は堅苦しいものになってしまったなあ、とお感じになる方が多いのではないかと思います。そのとおりです。カジュアルな場で楽しむものだったのに、まじめに、きちんと作って、姿勢を正して聞かなくてはならなくなってしまったのです。いわば、フォーマルな文芸になったのですね。

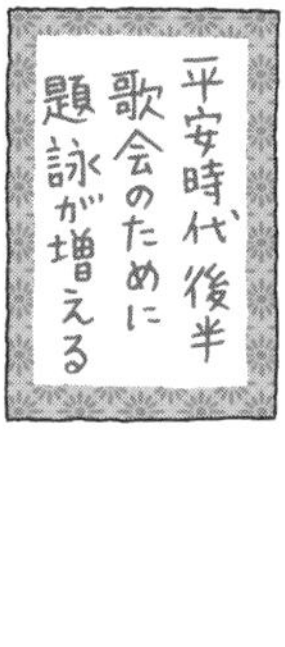

しかし、そのために作品の質は上がりました。『土佐日記』には、土佐（高知県）から都に帰る紀貫之《きのつらゆき》に別れを言いに来た人が、歌が下手だったので字余りだらけの歌を詠んで笑われる場面がありますが、そんなものは排除されていきました。いつも同じような歌を使い回していた人もいたことでしょう。しかしそんなこともできなくなりました。

歌人たちの腕前の評価は、歌会でどんな優れた歌が詠めるかということで決まるようになりました。百人一首を時代順に読んでいくと、そうした変化がはっきりわかります。例えば、平安末期の歌人であった二条院讃岐《さぬき》の

我が袖は潮干《しほひ》に見えぬ沖の石の人こそ知らね乾く間もなし

は名高い恋歌ですが、本人の恋愛とは関係がありません。これは歌会で「石に寄する恋」（石をモチーフにした恋の歌）という題が出て、それに応えたものです。

平安時代の前半を生きた歌人たちの歌集は、多くが恋の贈答歌や、日常社交の歌で占められています。しかし、平安時代後半の歌人たちでは、どんどん歌会の歌が占める割合が大きくなってきます。和歌の主体は、事前に「題」を設定して詠む「題詠《だいえい》」という形式に

なったのです。鎌倉時代以降の歌人たちの歌集は、ほとんどが題詠の歌で占められるようになりました。

ここでは、歌会というものの成立と、それによって和歌がどのように変化したのかについてお話ししました。次は、やはり題詠の形式の一種である、歌合《うたあわせ》についてお話しすることにいたします。

歌合の歌

◆歌合の手順

前項では、みんなで集まって歌を詠む場面として、歌会というものがあったことをお話ししました。ここでは、歌合《うたあわせ》についてお話ししましょう。

歌合という言葉だけは聞いたことがあるという方も少なくないでしょう。では実際どういうことをしていたのか、簡単に説明します。

まず二つのチームに分かれます。一方を「左方《ひだりかた》」、もう一方を「右方《みぎかた》」と言います。左右のチームはそれぞれ歌を用意しますが、これはどんな歌でもよいのではなく、決められた題によって詠まれたものでなくてはなりません（題詠）。例えば「桜」とか、「初雁《はつかり》」などといった題があらかじめ伝えられ、それに従って歌を作ってくるわけです。もしこういう取り決めがなければ、比べようがありません。雪の歌と恋の歌を比べろと言われても、どちらが優れているか判断するのは難しいですね。ですから、例えば秋になって雁が飛来

したことの感慨を歌う（「初雁」題）、という条件を付けておくのです。

　きちんと清書された歌がその場に提出されると、二つの歌を合わせます。読み上げ役（講師）がまず左の歌を、次に右の歌を読み上げます。参加者はそれを耳で聞いて、どちらがいい、とか、相手方の歌は駄目だ、などと言い合います。最後に、レフェリーにあたる人が判定します。この人を判者《はんじゃ》と言います。もちろん、和歌に詳しく、みんなに信頼されている人が担当します。「左の勝ち」とか「引き分け（「持《じ》」と言います）」などと宣言します。

　以上で一組の歌を合わせ終わりますが、この一対戦分を一つの「番《ばん》」と称します。歌合はこの「番」を何度も繰り返して、最終的に左右どちらのチームがより多くの勝ちを得たかを競うのです。小さな歌合だと、五番くらいで終わりますが、中には『六百番歌合』や『千五百番歌合』のような巨大な歌合も存在します（どちらも鎌倉時代初期）。一番ごとに二首の歌が出されるわけですから、六百番なら千二百首、千五百番なら、なんと三千首もの歌が合わされたのです。

ただし、こうした巨大なものは、何回かに分割して催されたり、あるいは歌を合わせる実際の場面を省略して歌の原稿だけが判者の家に送られ、判定を付けて返すといった方法で行われたものでした。参加者が一つ一つ歌を聞いて判断していくのでは時間が掛かり、疲れてしまいますから、三十番も五十番も続けていくのは、実際にはなかなか大変だったものと思われます。

なお、一番ずつ対戦して勝負を付けていくという形態は、恐らく相撲《すもう》のやり方を真似たのだろうと言われています。相撲は宮中行事の一つで、諸国から呼ばれた力士の戦いを観戦する習慣があったので、貴族たちには親しみがありました。

◆歌は工芸品と同じ？

さて、歌合というものが始まったのは、平安時代前期、九世紀末のことでした。当初は、貴族たちが集まってその季節の美を楽しむ文化的な遊びという色彩が強く、菊や女郎花《おみなえし》をテーマにして、会場に大きなジオラマのようなもの（「洲浜《すはま》」と言います）を持ち込んで、その上にいろいろな自然の景色を作り、所々に花を据え、歌を置いていくなどの趣向も凝らされました。もちろん、そうした細工物のためには腕のいい職人が動員され、贅《ぜい》を尽くしていましたし、参加者たちの当日の衣裳も左・右それぞれにテーマカラーを決めて着てくるなど、華やかで楽しいイベントだったようです。ですから、歌が勝つか負けるか、といった文学的な真剣さは、実はさほどありませんでした。

何より、初期の歌合では、歌を作る人と、歌を合わせて楽しむ参加者たちとは、別々であることが多かったのです。歌合が盛んに行われるようになった頃の有名歌人というと、紀貫之や紀友則《とものり》、素性法師《そせいほうし》、藤原興風《おきかぜ》、壬生忠岑《みぶのただみね》などがいまして、彼らは歌合に多くの歌を提供しましたが、身分が高くなかったために、実際に彼らの歌が楽しまれる場に同席することはそもそもできなかったのでした。考えてみると、歌合の場に出てくる細工物は名人の手になるものであっても、職人さん自身がその場に出てくることは考えられませんね。それと同じように、和歌も腕の立つ職人さんに依頼して調達するものだったのだと思っていただければよいかと思います。

ちなみに、同じ頃盛んになったジャンルに「屏風歌《びょうぶうた》」があり、これは身分の高い貴族たちのお祝いの場などに立てる大和絵屏風の所々に、その絵に即した和歌を書き入れておいて、見る人が絵と共に楽しむものでしたが、紀貫之や凡河内躬恒《おおしこうちのみつね》などにはその名手として次々に製作依頼がありました。しかし彼ら自身は、その屏風が立てられた祝宴の場に足を踏み入れることなど想像もしなかっただろうと思われます。絵を描いた画工たちと、扱いとしては近かったと言ってよいでしょう。「歌人」の地位は、決して高いものではありませんでした。

天皇や摂関といった高貴な人の近くに侍している人々が、主と一緒に歌会を行うことはありました。それは、高貴な人とその侍臣とが、同じ情景を見て同じ思いを共有するという点で、君臣の一体感を作り出す意味があったからです。しかし、高貴な身分の人々が自分たちの歌で歌合を行うことはずっと稀でした。歌合に提出される歌は、季節の美などを味わうために持ってこられた工芸品の一つに過ぎなかったのです。

『源氏物語』や『うつほ物語』などの王朝物語では、帝や貴公子たちがみずから歌ったり、歌会を催したりする場面は珍しくありません。しかし歌合を行う場面は出てきません。紫式部からすれば、理想的な貴公子たる光源氏が、歌合の歌をみずから詠むということは考えにくかっただろうと思われます。

◆歌合と歌人の地位の変化

ところが、平安時代後期、十一世紀に入ると状況が変わってきます。摂関政治の衰退により、歌合には華やかな装飾的要素が失われます。また、身分の高い貴族たちの層にも、和歌を詠むことに情熱を傾ける人が出てきますし、また一方で、中流程度の貴族たちの層にも自宅で歌会や歌合を催す習慣が行き渡っていきます。お金の掛かる大きなイベントだった歌合は、次第に簡略化されて、自分たち自身が歌を詠んで楽しむものに変化していきました（ここには貴族社会全体の変化が関わっていますが、話が長くなるので割愛します）。

自分たちの歌で勝負を競うようになり、またイベントの華やかな部分が削減されていくと、当然ですが歌の勝ち負けが真剣な興味の中心になっていきます。優劣の議論や判定も、遊びを越えた真摯《しんし》なものになっていきました。特に、最終判断をする判者は、よほどよく歌合での判例を学習していないと信頼されなくなってしまいました。そのため、十二世紀の初め頃になると、当代を代表する歌人がいろいろな家の歌合に判者として招かれるようになります。源俊頼《としより》や、藤原基俊《もととし》、藤原顕輔《あきすけ》といった人たちです（みんな、百人一首歌人ですね）。

歌合の場を盛り上げていた華やかな部分は削ぎ落とされ、ついには歌人たちは自宅から歌を送るだけで、それが紙の上で番に組み合わされ、判者の家に転送されて、判者が独りで判を付けて返すという、合わせる場の実体がない歌合に行き着きました。先に触れた『千五百番歌合』などはこの方式だったからこそ可能だったのです。

ちょうどその頃、和歌の世界には大きな変化が起きようとしていました。「歌道家《かどうけ》」の出現です。和歌に家元や流派ができたのです。その最初の大物たちが、藤原俊成《しゅんぜい》と藤原清輔《きよすけ》で、彼らは歌を家業とする強い意識を持っていましたから、当然修行を重ねて、いつでも勅撰集撰者を拝命できるよう、高い能力と見識を備えてい

ました。そのため、歌合の判者も彼らに任せられることが多くなっていきました。俊成の息子が藤原定家《ていか》で、彼もたくさんの歌合で判者となっています。

歌合の場に君臨する彼らは、和歌の権威を背負っていました。いい加減な判定はできません。古来の文献を広く点検し、どういう場合には勝ちとすべきかを常に研究していました。そうした彼らが下した判定は、二百年、三百年後まで先例として重視されていくのです。

「歌人」の地位は向上し、判者はその象徴として、高度に専門化した歌合を、厳かに判定する人となりました。定家は中納言にまで昇った人で、以後「歌道家」の人々は公卿の地位を獲得することになりました。貴族世界の最上流です。職人さんの立場だった頃から見れば、大変な出世ということになるでしょう。

しかし、地位が向上するにつれて、彼らは自分の地位を守るために、お互いを中傷し、醜い訴訟合戦を行ったり、相手を失脚させて島流しにするなどという事態になっていきました。優雅な和歌からは懸け離れた世界です。何事も、いいことばかりというわけにはいかないものです。

◆歌合の勝敗

さて、実際の歌合ではどのように勝負が決まったのでしょうか。前述したように、歌合は題詠です。歌人の実際の感慨を歌うものではありません。従って、与えられた題をよりよく表現した方が勝ちになったのです。

例として、嘉保元年（一〇九四）八月に行われた『高陽院《かやのいん》七番歌合』を見てみましょう。藤原道長の孫にあたる、もと関白の藤原師実《もろざね》が、自分の広大な邸宅で催した歌合です。題が五つ出され、一題につき七番の対戦があり、合計三十五番の大きな歌合でした（最後の方は時間がなくなったようですが）。左方が女性、右方が男性で、それぞれ当時著名な歌人たちが招かれています。「桜」題の第四番を引いてみます。

左　　　　讃岐君

八千代経む宿に匂へる八重桜八十氏人《やそうちびと》も散《ち》らでこそ見れ

右　　　　正家朝臣

風の音ものどけき春の宿なれば匂ふ桜を飽くまでぞ見る

左方が先に歌を出す習慣だったので、「左」の歌が先に書かれます。どちらも「大殿《おおとの》」と呼ばれた師実と、その邸宅を讃える内容になっています。左の讃岐の歌は「八千代も栄えるこのお屋敷で咲き匂う八重桜は、大殿様を慕う貴族たちが、立ち去らずいつまでも見ることでしょう」という意味。「八十氏人」はもとは天皇を中心とする諸氏族のことを指す表現です。「散らで」見る、というのは、桜が散ることなく、ということと、師実のもとからみんな別れていくことなく、ということを掛けています（後の方の意味は、師実の権勢の永続を言うわけです）。また、「八千代」「八重桜」「八十氏人」と「八」を繰り返すのは、おめでたさを強調する意図でしょう。

この歌合の判者は源経信。彼も百人一首歌人ですね。経信はまず讃岐の歌の「散らで」の掛詞《かけことば》を取り上げて、耳で聞いているとすぐには二つの意味が捉えられないと指摘しました。目で読めば問題ない表現でも、歌合の歌は耳で聞くのが本来です。また経信は、「や」の頭韻もちょっとうるさくて品がないと評しました。讃岐としては工夫を込めたはずの部分を、どちらもやり過ぎで、場に適さないと判断したわけです。

一方、正家の歌の方は「風の音ものどかなこの春のお屋敷だから、咲き匂う桜を飽きるまで見ることができる」という意味。こちらはあれこれ凝りすぎない作であっさりしていますが、経信は「飽くまでぞ見る」に耳を留めました。「飽きるまで見た」というのなら、もうこの桜は見なくてよいということになります。それでは桜を讃えているとは言えません。このように詠む前例があることは経信も知っていたのですが、歌合ではやはりよいとは言えないとしました。結局経信の判定は、どちらも難点があるので引き分けというものでした。

判者は双方の歌の趣旨をよく理解した上で、晴《はれ》の場の歌はどうあるべきか、はっきりした信念をもってあたらなくてはならないことがわかります。ただし、やはりどんなに判者が努力しても、みんなが納得するわけではありません。この歌合では、経信の判定に激怒した筑前という女性が、抗議文を提出しました。彼女は大中臣能宣《おおなかとみのよしのぶ》の曾孫、伊勢大輔の娘で、家系からも自分の歌に自信があったのです。経信はこれに対して改めて判定の合理性を説明する手紙を送りました。面白いことに、その中で経信は「歌合の判をするのは、難しいことなのですよ」と言い、古来の歌合で、秀歌を負けと判定した判者が後々まで非難されている例をいくつか挙げて、「誰もが納得する判定というものは、なかなかないものです」と述べています。判者は攻撃されることを覚悟しなくてはならない、気の毒な立場でもあったわけです。

ここでは、歌合というものの実際と、その変化についてお話ししました。次は、みなさんにはあまり馴染《なじ》みのない、「定数歌《ていすうか》」と「続歌《つぎうた》」というものについてお話しします。

定数歌《ていすうか》というフォーマット

◆定数歌とは

既にお話ししましたように、平安時代の後半から、和歌は生活の中の実際の事柄に遭遇して詠まれるよりも、何かの「題」を設定して、その美しさやあわれさを表現する詠み方が主になっていきました。例えば「桜」という題をもらったら、今目の前に桜の木があろうとなかろうと、「早く咲かないかと待ちこがれる」とか「もう散ってしまうのかと残念に思う」といった心情を想像に基づいて詠むわけです。

現実の世界からは離れていますから、「老年の恋」などという題が出れば、十代の若者でもこれに基づいて詠みますし、色欲が禁じられている僧侶が恋の題を詠むことも全然珍しくありません。歌の中では、老若の別も、男女の別もなかったのです。

さて、そうであるなら、歌を詠んでいる現在がどの季節であろうと、春夏秋冬それぞれの景色をまとめて、四季の美のセットを作ってもよいわけですし、恋の始まりから終わりまでをいろんな歌で詠み尽くしていってもよいわけです。

実は、そのような形でたくさんの歌をまとめて作るジャンルが存在しました。「定数歌」と言います。百首とか五十首などとあらかじめ数を決めて、歌を詠むのです。「定数歌」という言葉自体は、近代になって研究のために作られた言葉で、昔はただ「百首歌」とか「五十首歌」と言いました。稀に一人で千首詠むという巨大なものも作られました。

定数歌という形式が始まったのは平安前期、十世紀半ばのことで、曾禰好忠《そねのよしただ》や源重之《しげゆき》、恵慶《えぎょう》法師などの百首歌が遺されていますが、その頃はごく限られた人たちが楽しんでいただけでした。定数歌が盛んになるのは十二世紀に入ってからで、堀河《ほりかわ》天皇が催された『堀河百首』がきっかけとなって、和歌の基本的な形式の一つに昇格したのです。

『堀河百首』はその名のとおり百首の歌を詠むものでしたが、これには十四人（後から参加した人がいて、最終的には十六人）の歌人が参加し、合計千六百首の和歌がまとめられています。百首詠むにあたっては、歌題が百題用意されました。『堀河百首』の題は、四季・恋・雑《ぞう》（「雑」は四季や恋以外のいろいろな題材を総称して言います）に大きく分かれていますが、これは勅撰集の構成などと基本的には同じです。歌人たちはこれらの題をまとめて詠んでいきます。つまり、各人が古典和歌のヴァーチャルな世界に入り込み、百首の歌によってそれを追体験していくようになっているわけです。以下、少し『堀河百首』の題の世界を覗いてみましょう。

◆『堀河百首』の構成

春の部には二十個の題が設けられています。

立春・子日《ねのひ》・霞《かすみ》・鶯・若菜・残雪・梅・柳・早蕨《さわらび》・桜・春雨・春駒《はるこま》・帰雁《きがん》・喚子鳥《よぶこどり》・苗《なわ》代《しろ》・菫菜《すみれ》・杜若《かきつばた》・藤・款冬《やまぶき》・三月尽《さんがつじん》

適宜抜き出しながら辿《たど》ってみましょう。旧暦では年の初めは春の初めと一致します。現代はそこがずれてしまい、まだ冬なのに年賀状に「新春のお慶びを……」と書く習慣だけが残っています。立春を迎え、春霞が立ち、鶯が鳴き、梅

が咲き、柳が芽吹いて青々とした糸を垂らし、やがて待望の桜が咲き、春たけなわとなります。牧場では馬たちを野原に放牧し、渡り鳥の雁が北に帰って行き、農民が苗代に種を蒔《ま》き始め、野原では菫が、杜若が咲き、そのうちに藤や山吹が咲く頃になるともう晩春、そして「三月尽」(三月の最終日。旧暦ではその日がすなわち春の終わり)を迎えて春は終わります。

現在からするとわかりにくい題もありますが、古くから歌によって愛でられてきた定番の素材が多くを占めています。また、これらの風物が季節の推移に従って並べられていることがわかります。このことは夏以下でも同じで、それぞれの季節の初めから終わりへと題が並んでいるのです。ちなみに四季の末尾の題は冬の「除夜《じょや》」で、『堀河百首』を読んでいくと、ヴァーチャルな一年間が歌によって一巡りするわけです。これは勅撰集でもそうでして、『古今和歌集』でも『新古今集』でも、四季の部では季節の早い順に歌を並べていくのが通例になっています。

一方、恋の題はどうでしょうか。こちらは十題です。

初めの恋・人に知られざる恋・逢はぬ恋・初めて逢ふ恋・後朝《きぬぎぬ》の恋・逢ひて逢はぬ恋・旅の恋・思ひ・片思ひ・恨《うらみ》

男が女のことを聞きつけて恋心を抱く段階から、相手に打ち明けられずに苦しむ段階、手紙を送っても逢ってもらえない時期を経て、ついに二人が初めて逢う（肉体的接触のことを言います）場面、朝が来て男がやむなく帰る別れの場面、いったんは逢えたのにその後また逢えなくなってしまう辛さ、といった具合に、やはりおおむねは恋の進展に従って並んでいます。最後はもう逢えなくなったという恨みで終わります。こうしたいろいろな場面も、平安時代の初めから恋人たちによって積み上げられてきた歌々によって、馴染み深いものになっていました。これらの題を詠むことで、歌人たちは自分自身の現実の体験を離れ、古典和歌の作り上げてきたあわれ深い恋愛の世界を巡っていくわけです。

百人一首に採られた式子《しょくし》内親王《ないしんのう》の歌、

玉の緒よ絶えなば絶えね長らへば忍ぶることの弱りもぞする

も元々は彼女の詠んだ百首歌の、恋の部の中にあった一首です。『新古今集』に、そのように明記されています。我々はこの歌を読んで「式子内親王という方は、激しい恋の思いを胸に秘めた人だったのだなあ」と思ってしまいますが、定数歌は題詠で、想像の世界で詠むものなのですから、式子の実際の恋を基にしていると考えるのは早計です。実は、最近になってある研究者が「これは男性の立場になって詠んだものなのではないか」という意見を発表しました。そう聞くとびっくりしてしまいますが、単なる思い付きで言われているわけではありません。この歌は「相手に恋心を打ち明けてはならない、耐え忍ばなくては」と自分に言い聞かせる歌ですが、14頁で取り上げたように、平安時代の恋歌では、異性に「隠してきた恋心を打ち明ける」のは男性の側なのです。男は最初、女に逢ったこともない状態で、噂だけを聞いて恋の思いを抱いたと主張し、ぜひ逢いたいと女に訴えることになっていたからです。すると「玉の緒よ」の歌は、男の側が詠む歌のタイプに属していることになるのですね。

もちろん、この見解が正しいかどうか証明することは今となっては不可能です。しかし、これまでの見方とは違い、定数歌という枠の中で、男になってみたり、女になってみたりしながら、切ない恋の想像を楽しむ式子内親王の姿を思い描くのも、面白いことではないでしょうか。

さて、話を戻しますと、四季の美や恋のあわれを巡り歩く定数歌の世界は、古典和歌全体の縮図のようになっています。この形式が和歌の基本的なジャンルの一つとなったのは、和歌を通じて、何百年も前の雅《みやび》な人々と同じ世界に歌人たちが遊ぶようになった結果です。歌は現実の生活からは離れていきましたが、代わりに伝統というものが彼らの支えとなって、自然や人情の美を教えてくれるようになっていったのでした。

◆和歌のヴァーチャルな世界へ

『堀河百首』の百の題が、古典和歌世界の縮図としての意味を持っていたことを、よく示している例があります。それは百人一首に採られた、藤原俊成の歌です。

世の中よ道こそなけれ思ひ入る山の奥にも鹿ぞ鳴くなる

これは「世の中は、逃れる道もないものだ。世間に住み続ける憂いに耐えかねて山奥に隠遁してみても、そこでは鹿が苦しげに鳴いているのだった」の意で、鹿が妻を求めて鳴く声に、生物すべてが苦しみから逃れられないことを知るばかりだったという歌です。この歌の背景には、「鹿は秋になると妻を求めて鳴く、その声があわれを誘うものだ」という古典和歌世界の伝統が存在しています。

『堀河百首』のお題『鹿』
＝
「述懐百首」で
自分のいたたまれなさ
を表現
世の中よ
道こそなけれ
思ひ入る
山の奥にも
鹿ぞ鳴くなる
俊成

実は、俊成がこの歌を詠んだのは、「述懐《じゅっかい》百首」という定数歌の中の一首としてでした。これは特殊な作品で、当時二十代後半だった俊成は、崇徳院《すとくいん》に対して自分の官位が上がらない憂悶《ゆうもん》を訴えるために、この百首歌を詠んで提出したと考えられています。「述懐百首」は百首すべてが自分の生きづらさを主題としているのですが、それを『堀河百首』の百の題に寄せて表現しているのです。例えば「立春」では、「去年も何もよいことがなく過ぎてしまった。今年も駄目だろうと、新年の始まる今日からもう悲しくなる」という歌を詠みます。「霞」題は、「春霞が音羽山を越えていく。ああ、あの山は、昇進できず人々にやすやすと越えられていく私のようだ」と嘆く歌になっています。『堀河百首』題

の示す古典和歌の美の世界の中に、苦しむ「自分」を置き、俊成の希求する世界と、現実の俊成とが引き裂かれている有り様が描き出されているのです。

『堀河百首』の秋の題の中には「鹿」がありました。先ほどの歌はそのために作られたもので、実際に俊成自身が山奥に籠もろうとしたわけではありません。鹿が妻を呼ぶ、あわれ深いヴァーチャルな世界に入り込もうとすると、それが美しいために一層、自分の「いたたまれなさ」を感じてしまう、という歌です。定数歌という枠組みがなければ、このような試みは成立しなかったでしょう。

◆定数歌と続歌

さて、定数歌はその後もずっと盛んに詠まれ続けましたが、鎌倉時代中期から、別の形式が派生しました。最後にこのことをお話ししましょう。

それは「続歌《つぎうた》」というもので、定数歌が一人で百首なら百首を詠むのに対して、これを何人もの人が分担して詠むやり方を言います。百首であれば、題だけを書いた短冊を百枚用意し、参加者がそれぞれ担当分をもらい、清書して提出します。集められた短冊は、もとの定数歌の題の順番に配列され、横に継ぎ合わせて長い巻物とします（「継ぐ」ので続歌と称します）。

できあがったものは一人で詠む定数歌と同じようなものですが、多くの人が参加できるところが違います。参加するにあたっては、歌のうまい人は短冊をたくさん、初心者はちょっとだけ取ればよく、初心者でも名人と一緒に作品を仕上げる喜びを感ずることができたため、特に室町時代に爆発的に流行しました。よく、掛軸に名筆の短冊が貼られていることがありますが、和歌を短冊に書く習慣が生まれたのも、続歌が普及したことに原因があります（和歌は、本来は懐紙に書くものでした）。

定数歌という枠組みがしっかり確立していたために、今度はその枠だけを残して、共同製作のためのキャンバスに見立てたわけですね。こうした、いわば「参加型」の形式は、やはり中世に大流行した連歌と同じです。実は連歌が百韻《ひゃくいん》（みんなで百句続けて一巻とする）を基準としているのも、百首歌の形式を基にしていたと考えられています。

続歌も連歌も、実際の歌人の生活とは切り離された伝統世界の中で詠まれています。極端な言い方をすれば、ゲームの世界の中で、プレイヤーが中世の騎士やサムライの姿をしたキャラクターになって遊んでいるようなものです。古典的な和歌世界の中で春霞を眺め、恋に胸を痛めている「自分」は、現実世界の誰でもなく、同時に誰もが入り込めるキャラクターでした。だから、多くの人が共同で作っても、一つのものになり得たのです。

お話ししたことをまとめておきましょう。題詠が和歌の主流になると、伝統的な美を巡り歩くような題のセットが登場し、それに従って詠む定数歌が定着すると、今度はその枠を用いてより多くの人たちがその世界を共有する参加型の形式が生まれた、という流れでした。

ちなみに、ここでも例に引いた百人一首ですが、あれが合計百首になっているのも、百首歌の形態を基にしたためです。百首という、努力して覚えるのにちょうどよい数になっていたことは、ゲームとしてのカルタ取りが成立する（江戸時代のことです）上で、とてもありがたいことでした。遊びを通して古典和歌の名作を我々は受け継いできたわけですが、そこでも定数歌の枠は役に立っていたのです。

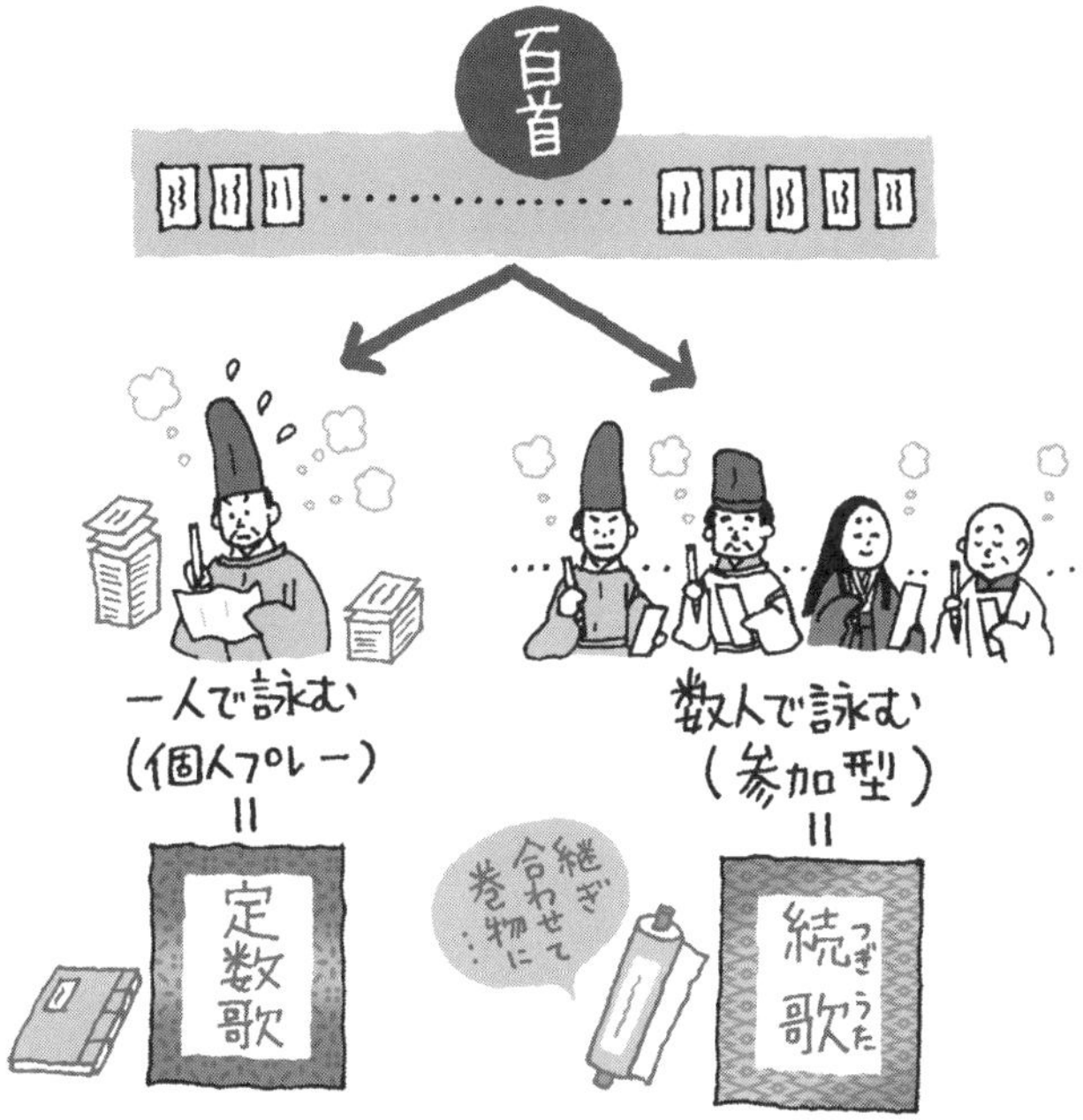
百首
一人で詠む
(個人プレー)
定数歌
数人で詠む
(参加型)
継ぎ合わせて巻物に…
続《つぎ》歌《うた》

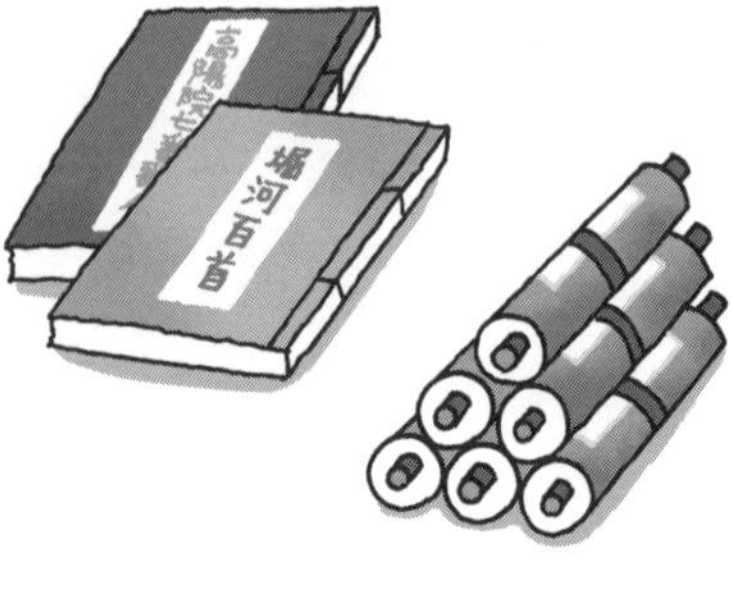
堀河百首

第四章

私的な歌・社会の中の歌

家集を読む楽しみ

◆私家集の多様性

和歌の集を大きく二つに分けると、多くの人の歌を集めたものと、一人の歌人の歌だけを集めたものに分けられます。いろいろな人の歌を集めたものは「撰集《せんじゅう》」と言い、その中で天皇や上皇の命令で作られるものが「勅撰集《ちょくせんしゅう》」です。それ以外の人が作ったものは、研究者は「私撰集《しせんしゅう》」と言っています。例えば『万葉集』も「私撰集」の一つです。

それに対して、誰か一人の歌人の歌を集めたものを「家集」と言います。カシュウという音だけだと「歌集」と紛らわしいので、研究者は「私家集《しかしゅう》」という言い方をします。

家集はとてもたくさん遺っていて、例えば平安時代だけで百七十人くらいの歌人の家集が伝わっています。一人で複数の家集がある歌人も少なくありませんので、集の数では二百を軽く超えてしまいます。もちろんその後も家集は作られ続け、江戸時代になると、全国津々浦々に歌人が満ち溢れていましたから、無数の集があるはずです。「あるはずです」

ないからです。

というのは、どこにどれだけ遺っているか、あまりに多すぎて調査できず、数える方法がないからです。

家集はある個人の作った詩歌を集めた作品集ということになりますが、平安時代のような古い時代の個人の作品集が二百種類も遺っているのは世界でもまったく希有《けう》なことです。しかも、その中にはかなり多くの女性たちの集が含まれていて、これは他のどの国にも例のないことです。日本の平安時代にあたる九世紀から十二世紀のヨーロッパの詩は、キリスト教の教義を述べるものや、誰のものとも知れない諷刺《ふうし》詩などです。日本の和歌のように日常生活で自在に心情を交わし合ったり、眼前の自然の美しさを讃えたりするようなものではありません。また、中国ではたくさんの漢詩が伝わっていますが、女性の詩はほとんど遺っていないのです。

中世になると武士の家集も遺っています。中でも実力豊かな人物としては伊達政宗《だてまさむね》が挙げられるでしょう。彼は東北育ちの武将ですが、都の貴族の通信添削も受けていて、プロに引けをとらないレベルの歌人です。自筆の家集がちゃんと現存しています。毛利元就《もうりもとなり》も家集が遺っていて、戦国大名で歌が詠めた人は意外に多いのです。

江戸時代には京都祇園の遊女の家集もあれば、地方の漁師の家集もありますし、また儒

教の思想家の家集もあれば、尊皇攘夷《そんのうじょうい》の国粋主義者の家集もあります。さすがに俳諧ほどには作者層は広くありませんが、和歌に親しむ人が広がっていくに連れて、いろいろ特色ある家集が増えていったのです。国学者本居宣長《もとおりのりなが》にも、読本《よみほん》作家上田秋成《うえだあきなり》にも立派な家集があります。

勅撰集のように、一定以上の水準の歌が選抜され、きちんと整理された集も、それはそれでよいのですが、一方で雑然多様な家集の世界も、また面白いものです。楽しい集もありますし、涙なくして読めない集もあります。研究者はみな「お気に入り」の家集をいくつか持っているもので、西行《さいぎょう》の家集の研究に一生を捧げる人もいますし、和泉式部《いずみしきぶ》の家集に耽溺《たんでき》する人もいます。ちなみに私が最も愛する家集は、平安後期の天才・源俊頼《としより》の『散木奇歌集《さんぼくきかしゅう》』ですが、私はどうも気が多くて、いろいろな集を見て回る方が好きです。ここから後は、その中からいくつかを紹介してみましょう。

◆個性的な家集たち

和歌には物名（もののな・ぶつめい）という技法があります。例えば、雅楽の楽器の「篳篥《ひちりき》」という題が出ると、「ひちりき」の四文字をまったく違う言葉の中に埋め込んで歌を作る遊びです。「巡り来る春々《はるはる》ごとに咲く花はいくたび散りき吹く風や知る」という歌は「巡ってくる春ごとに咲く花は、これまで何度散ってきただろうか。昔から花を吹き散らしてきた風なら知っているだろうか」という意味で、立派な桜の歌ですが、実は「いくたびちりき」の部分に「ひちりき」が埋め込まれているのです（濁点は問題にしないことになっています）。何と、この技法で作った歌ばかりでできている家集があります。平安中期の歌人、藤原輔相《すけみ》の集で、彼の呼び名から『藤六集《とうろくしゅう》』と称します（今挙げた例もこの集から採りました）。彼は物名の名手として知られ、『宇治拾遺物語《うじしゅういものがたり》』にも物名歌を詠んだ逸話が収められています。

家集と歌人の関係もさまざまです。在原業平《ありわらのなりひら》には複数の家集が伝わりますが、どれも没後長く経ってから作られたものです。それらを見ていると、明らかに彼の歌ではない歌が次々に加わっていったことがわかります。伝説的な色好みである業平に吸い寄せられるように、恋物語が増殖していったのです。やはり伝説的な美女とされる小野小町《おののこまち》の家集でも、同じように他人の歌が吸い寄せられていったことが見て取れます。美男美女に対する憧れが、本人たちの虚像を膨らませていくわけですね。

逆に、全部自分の歌なのに、みずから偽名を使い、まったく別人の家集のように見せ掛けるという不思議なことをした歌人もいます。摂政太政大臣にまで昇った政治家・藤原伊尹（これまさ・これただ）の家集『一条摂政御集《いちじょうせっしょうぎょしゅう》』です。本名よりも、死後贈られた「謙徳公《けんとくこう》」の称号の方が有名でしょう。その名で百人一首に採られているからです。彼は大変身分の高い人なのですが、わざわざ「倉橋豊蔭《とよかげ》」という下級官吏であると名乗って自分の家集を編みました。その第一首として「豊蔭はうだつの上がらない下っ端で、若かった時に女に贈った歌をここに集めてみたのだ。女も豊蔭と変わらない身分だったが、彼を見くびったか、恋文を贈っても無視したので、豊蔭は負けまいと思ってさらに歌を詠んだ」という詞書《ことばがき》と共に書かれているのが、あの「あはれとも言ふべき人は思ほえで身のいたづらになりぬべきかな」なのでした。本当は女の身分も現実の伊尹の身分に見合ったものだったはずですが、本人がこんな扱いにしてしまったので、女が誰だったのか今ではわかりません。

身分が高いと、こうして身をやつす遊びを楽しみたいのか、他にも大納言藤原師氏《もろうじ》の『海人手古良集《あまのてこらしゅう》』、藤原良経《よしつね》（百人一首には「後京極摂政前太政大臣」の名で採られています）の『秋篠月清集《あきしのげっせいしゅう》』のように筆名を用いた例が知られています。

◆家集が語る歌人の人生

家集はそれぞれの歌人の人生に深く根ざしています。そういう例をいくつか挙げてみましょう。

村上天皇は大変和歌が好きで、第二代勅撰集『後撰和歌集』を作らせたのもこの方ですが、その家集『村上御集』は、お妃たちと交わした恋の贈答歌が大半を占めていて、しかもそれが后妃《こうひ》別に分類されています。あたかも、後宮《こうきゅう》一覧のような形です。天皇ならではの家集と言えるでしょう。

赤染衛門《あかぞめえもん》は平安時代を代表する女性歌人の一人ですが、とても長生きで、没した時は八十歳をかなり超えていたとされます。彼女の家集『赤染衛門集』は晩年に自撰されたものので、ほぼ年代順に歌を並べています。そのため、少女時代から結婚、宮仕え（同じ女房として紫式部・和泉式部と親交がありました）、夫の赴任に同行しての地方生活、子どもの養育、孫の誕生、そしてさらに曾孫《ひまご》の誕生を喜ぶ歌まで、当時の貴族女性の充実した一生を歌で辿ることができて貴重です。百人一首に採られた「やすらはで寝なましものを小夜更《さよふ》けて傾《かたぶ》くまでの月を見しかな」は家集の冒頭近くにあり、まだ少女時代のものでした。

『成尋阿闍梨母集《じょうじんあじゃりのははのしゅう》』はその名のとおり成尋という僧侶の母親の家集です（「阿闍梨」は僧侶の位を表します）。彼女の名前はわかっていません。これも晩年（八十歳代半ば）に編まれた集ですが、歌人として活躍した赤染衛門とは違い、突然の事件をきっかけにまとめられたものです。彼女は若い頃に夫に死別し、二人の息子を寡婦として

育てなくてはならなくなりました。息子たちは僧籍に入り、亡き父の菩提《ぼだい》を弔いつつ著名な僧侶となっていきます。母親も、彼らに最期を看取ってもらえるというのが心のよりどころでした。

ところが突然、弟の方（成尋）が、中国に渡って仏道修行に励むと宣言したのです。当時、海外に渡るのは大変なことで、いったいいつ帰って来られるのか見当も付きません。母親は愕然とし、自分を見捨てるのかと彼に訴えますが、成尋は「極楽でお会いしましょう」と言い残して出立します。もう六十歳になっていた彼にとっても、この渡航はラストチャンスだったのです。この集は母子の別れを切々と綴ったもので、文章の部分もとても長く、家集というより日記に近い作品です。

ちなみに、成尋は渡航の十年後に、帰国できないまま中国で死んでしまいましたが、母親が亡くなったのはもっと早かったと考えられます。両者がどのような思いで最期を迎えたか、想像するに余るものがあります。

その他、源平の合戦で恋人（平家方）に死なれた衝撃を語る『建礼門院右京大夫集《けんれいもんいんうきょうのだいぶしゅう》』、まだ三十歳ほどで死んでしまった娘を悼む『秋思歌《しゅうしか》』（作者は藤原定家《ていか》の息子の為家《ためいえ》）のような作品も印象深いものです。

◆家集の形で読む意義

百人一首歌人の一人、行尊大僧正《ぎょうそんだいそうじょう》の家集は、彼が熊野に籠もって修行した時の歌の記録を中心にしています。厳しい山岳修行の合間を縫って詠まれた歌を、後になってみずからまとめたもののようです。野宿の繰り返しなど、修行の苦しさを伝える歌が多いのですが、自分が異世界に生きていることに改めて気付く歌は印象的です。

鹿の怖《お》ぢで、近くまで来しかば

かかれどもまだ山馴《な》れぬ山伏ぞあはれと思へ群れ立てる鹿

霧の、ことのほかに立ちて、供の人も見えで、ただ惑ひに惑ひしかば

いつぞとや霧の中《うち》にぞまぎれにしとばかりだにも誰か言ふべき

山中の鹿たちが、人間を恐れず行尊の近くまで歩いてくるのを見て、「私は山伏の姿はしているが、まだ新米なのだ。群れ立つ鹿よ、あわれと思っておくれ」と詠んだのが前の歌。ここは鹿たちの世界で、自分は闖入者《ちんにゅうしゃ》に過ぎないのですが、しかし自分をその中に受け入れてほしいという気持ちが見えます。次の歌は、都では考えられないような濃霧の中で、一緒に歩いているはずの同行も見えなくなってしまい、「このまま自分が行方《ゆくえ》知れずになってしまっても、『ああ、行尊という人がいたけど、いつだったか霧に紛れていなくなってしまったなあ』などと言われるのだろうか、いやそんなことすら言ってもらえないのだろう」と詠んでいます。この熊野ではそんなことはきっと日常茶飯なのに違いない、と恐怖を覚えているわけです。

そうした状況の中で、肉体的にも精神的にも疲弊していく行尊は、山中のあるところで、強風に吹き折られた桜を目にします。しかしそれは折れてもなお美しい花を咲かせていました。その時彼はまずそのけなげさを讃える歌「折り伏せて後《のち》さへ匂ふ山桜あはれ知れらん人に見せばや」を詠みます。「すばらしいじゃないか、誰かにこの桜を見せて感激を共有したいものだ」というのですが、すぐそれに続けて詠まれたのがあの名歌です。

もろともにあはれと思へ山桜花よりほかに知る人もなし

「いや、見せる相手などどこにもいないのだ。傷付いてもなお咲くことができる、というのは、私だけがわかればいいメッセージなのだ。私の気持ちも、この桜だけはわかってくれるはずだ」ということだと思います。

この歌は第五代勅撰集『金葉和歌集』に採られ、さらに百人一首に採られて有名になりましたが、家集の中に置いてこそその価値がわかる歌なのではないかと思います。

家集を読む楽しさをお話ししてきましたが、残念なのは、一般の方にお勧めしたくても、書店で手に取っていただけるような本がなかなかないことです。特に文庫本は少なく、日本文学の至宝とも言うべき藤原定家の『拾遺愚草《しゅういぐそう》』すら、岩波文庫から戦前に出ただけで絶版だったのですが、つい最近久保田淳《じゅん》氏の全訳注がちくま学芸文庫（『藤原定家全歌集』）に収録されたのは嬉しいことです。精緻を極めた美術工芸品を結集したような家集です。

岩波書店の「新日本古典文学大系」にも著名な家集が含まれていますし、明治書院の「和歌文学大系」というシリーズが大変多くの作品を現代語訳付きで収録しています。もし地域の図書館にありましたら、お手に取って御覧下さい。

折り伏せて後さへ匂ふ山桜
あはれ知れらん人に見せばや
この桜だけが
私の気持ちを
わかってくれる
はず…
もろともにあはれと思へ山桜
花よりほかに知る人もなし

戦乱と和歌・連歌

◆室町から戦国時代の和歌

和歌は王朝世界の雅《みやび》な文学、という印象をお持ちの方は多いと思います。確かに本来はそうでしたし、後になって貴族ではない人たちに歌人層が広がっても、そうしたイメージは維持され続けていました。そのため、遠く江戸時代に下っても、和歌は四季の美や恋愛のあわれ、祝賀や哀傷《あいしょう》といった定型的な内容を大きく逸脱することはなかったのです。

しかし、雅な花鳥風月を歌い続けていたのだとしたら、和歌は戦乱相次ぐ室町時代や戦国時代を生き延びることができたのでしょうか。実は、その時代にも脈々と作られ続けていたばかりか、さらに和歌を愛好する人の数は増えていたのです。

現実社会とはまったく懸け離れていたはずの文芸が生き延びていたのは不思議なようですが、どんな働きをしていたのでしょうか。

◆世情を諷刺する「落首」

戦乱の時代の和歌は、主流のところでは雅な風姿を保っていましたが、それとは別に特異な姿の作品を生みました。その一つは落首《らくしゅ》と言われるものです。

落首は合戦に関わるものを中心に、世相や権力者の振る舞いを諷刺《ふうし》する歌で、今で言うと新聞の川柳《せんりゅう》欄などのような機能を果たすものでした。当時は新聞も雑誌もありませんから、人がよく通るあたりに札を立てたり、邸宅の塀に書き付けたりしていました。それを見た人が口伝えで広めていったのです。政治批判を含みますから、もちろん匿名でしたが、多くは知識人の手になるものだったと思われます。

『太平記《たいへいき》』に記録されたものを一つ挙げましょう。

木津《きづ》川は瀬々の岩波高ければかけて程なく落つる高橋

後醍醐《ごだいご》天皇が足利氏を討伐すべく木津川沿いの笠置山《かさぎやま》に陣を布《し》いていた時、幕府軍はこれに大軍で攻め寄せようとしました。しかし功を焦った高橋又四郎という武士が、わずかな手勢を連れて、総攻撃より前に突入してしまいました。木津川の流れは速くて軍勢は押し流され、上陸した者たちは天皇方に簡単に討たれてしまい、高橋又四郎は這々《ほうほう》の体《てい》で逃げ帰ります。右の歌はその惨めな様を皮肉ったものです。表面上は「木津川は急流で瀬々の岩にぶつかる波が高く上がり、その水勢に押されて、高橋は架けてはみたがすぐに落ちて（流されて）しまった」ということですが、下句は「駆けて（突撃して）」「落つる（退却する）」という合戦用語を引っ掛けて、突入したのにすぐ逃げ帰った又四郎をからかったわけです。なかなか技巧的な作品ですが、落首はこうした掛詞《かけことば》や縁語《えんご》で人を貶《おとし》めるものが多いのです。

次に挙げるのは、天正十九年（一五九一）に何者かが京都で掲げた落首の一つです。

末世《まっせ》とは別にはあらじ木下の猿関白を見るにつけても

「猿関白」はもちろん木下藤吉郎、すなわち秀吉です。九州も東北も平定し、全国に無敵となった絶頂期の秀吉に対する陰口ですが、「木下」という姓と「猿」というあだ名を結び付けて皮肉っているわけです。

落首は気の利いた悪口なので喜ばれやすく、和歌になっていると見た人も覚えやすいため、口コミで十分広まったのだと考えられます。

◆戦いの教えを歌った「軍歌」

落首は、戦争を詠んでいるとはいえ、結局は傍観する立場の人間の歌です。しかし、戦場で実際に使われた和歌も存在するのです。古くはこれを「軍歌《ぐんか》」と言いました。江戸時代初期に刊行された『武者物語』という版本に付載されている「佃《つくだ》が軍歌」という集成がありますが、これは戦国時代に実際に武士たちが口ずさんだ歌を集めたものと考えられます。そこから少し挙げてみましょう。

夜《よ》いくさはただ相印《あひじるし》相言葉《あひことば》敵と味方の分けをあらせよ

海端《うみはた》に武者を立つると陣取りと潮の満干《みちひ》の

分別をせよ

つっと入《い》るに手痛きことをせぬ敵は乱れ入りても骨は切るまじ

最初の歌は「夜の戦は互いが見えない。合い印を付け、合い言葉を決めて、敵味方がすぐわかるようにするのだ」の意。大変実戦的ですね。次は「海辺に兵士を配置し、陣地を設営する時は、満潮時にどれくらいまで水が来るのか確認するべきだ」ということ。なるほど、そのとおりです。最後の一首は「ちょっと（「つっと」は「ツッと」の意）突っ掛かってみた時に、猛烈な反撃をしてこないような敵は、その中に突入しても、骨を切られるような痛手を受けることはないものだ」ということです。

これらの歌は、北条氏康《うじやす》の歌だとか、柴田勝家《かついえ》の歌だなどと伝えられてはいますが、言い伝えに過ぎません。武将たちはこうした歌をいくつも覚えていて、戦場でどう振る舞うべきかの頼りにしていたのでしょう。夜間に出撃する時、「そうだ、合い言葉を決めないと同士討ちになって混乱するぞ」とか、浜辺に陣地を組む時に「満潮になっても大丈夫か？」と考えるなど、とても具体的な戦場の知恵のようなものが、和歌の形で記憶されているわけです。

戦地へ出れば、誰の助けを得ることもできません。自分や部下の生死は、自分の瞬時の判断で決まります。今突入していいのか、退くのか。「必要な情報を集めてから決めよう」とか、「兵学書を見てから決めよう」などと言ってはいられません。「いや、今ちょっと接触した時に、敵は大して反撃しなかった。これなら、突入しても死にはしない！」と確信して突撃の指示を出す、その時に役立つのはいつも記憶している簡潔な教訓だったのです。和歌は覚えやすい、短い形をしています。そのことが、こうした特殊な用途を発達させたのでした。

◆戦場の実態を歌う

実際の戦場の有様を記録する歌は稀《まれ》ですが、皆無ではありません。落首の一種ですが、合戦に参加した人物本人が憤りを込めてその有様を歌にしたものとして『金言《きんげん》和歌集』という作品があります。明応二年（一四九三）に河内国《かわちのくに》（大阪府）で行われた合戦を詠んだものです。

寝《ぬ》るが内に心休めず蚊の鳴くを敵の寄せ来る鬨《とき》の声かと

野《の》臥《ぶし》して敵に向かへる膝頭《ひざがしら》振るふを冬に負《お》ほせてしがな

大和《やまと》衆《しゅ》の死なぬばかりに手負ほせば都の妹《いも》に帰り逢ふべく

一首目は、「寝ている間も心は安まらない。蚊の羽音を聞いて、敵の寄せてくる鬨の声かと飛び起きてしまうので」ということ。不安に苛《さいな》まれる状況がわかります。二首目の「野臥」は相手に奇襲を掛けることで、その時膝頭が震えて止まらないのです。これは冬で寒いからだということにしておこうと言うのですが、実際にはもちろん敵陣に突っ込んでいく恐怖のためです。軍記物語などを読んでいますと、武士たちはただただ勇猛果敢に闘うように書いてあるのですが、本当は不安で、怖くて、仕方がなかったのでした。当然のことです。

三首目は「大和から来ている兵士たちは、死なない程度に負傷したい、そうすれば都に帰って妻に逢える、と思っているのだ」ということ。軽傷では帰れなかったのでしょう。

追いつめられた気持ちが察せられます。
あるいは、豊臣秀吉が命じた朝鮮出兵（慶長の役）に、武将の話し相手として同行した僧侶の毎日の記録『朝鮮日々《にちにち》記』にも、戦争の実態についての赤裸々な記述があります。彼は毎日歌を一首詠んで記録に添えていましたが、朝鮮で日本兵の行う残虐行為を目の当たりにするのです。それは嬉々として無辜《むこ》の民衆の財産を奪い、家を焼き、虐殺する姿でした。

咎《とが》も無き人の財宝盗《と》らんとて雲霞《うんか》の如く立
ち騒ぐ体《てい》

野も山も焼立《やきた》てに呼ぶ武者の声さながら修《しゅ》
羅《ら》の巷《ちまた》なりけり

戦場の実態を歌う和歌
敵？
寝るが内に
心休めず 蚊の鳴くを
敵の寄せ来る
鬨の声かと

これらの資料の歌はちっとも巧《うま》いものではありません。しかし、もし歌というものがなかったならば、こうした極限的な状況を言葉にすることはできたでしょうか。誰もがルポルタージュ作家のように報告できるわけではありません。短い詩型があったことにより、極限状況に遭遇した衝撃や恐怖、憤りが形として遺せたことは、歴史の証言として貴重なことだと思います。

◆武士の教養としての和歌

ここまで述べたのはあくまで特殊な歌です。一般的な和歌に話を戻しましょう。和歌や連歌は戦国武将たちにとってどんな意味があったのでしょうか。それを、彼ら自身の立場から記した資料があります。天文十三年（一五四四）頃に書かれたとされる、『多胡辰敬《たごときたか》家訓』という文書です。辰敬は石見国《いわみのくに》（島根県）にいた武将で、尼子経久《あまごつねひさ》・晴久《はるひさ》（毛利元就のライバルとして著名ですね）に仕えました。彼が武将として大事なことを全十七条にわたって書き上げた教訓書が、この家訓です。

第一条は「手習《てならひ》・学文《がくもん》」、すなわち読み書きです。第二に「弓」、これは当然でしょう。第三は「算用」です。第一条と合わせて「読み書きソロバン」が大事だということです。

第四は「乗馬」でやはり武士らしいですが、第五は「医師《くすし》」で、医療について基本的な知識を持てと教えています。意外に戦闘の実用知識は少ないですね。考えてみれば、戦国武将は合戦をしている時よりも、領地の経営をしている時の方がずっと長かったでしょうから、組織のリーダーとして必要な素養が列挙されるのは当たり前なのでした。

そして辰敬の挙げる第六がなんと「連歌」なのです。彼は次のように言っています（ここでは連歌と和歌は一緒くたに語られています）。

「歌道は天地開闢《かいびゃく》以来のことや、来世によいところに生まれ変わるための知識、神道や仏教のことなどまで教えてくれる。老年になった時に心を慰めてくれるのは歌だ。行ったこともない名所の有様を知り、神や仏の心を動かすのも歌の力だ。上達できなくとも、努力すべきだ」

ここからわかることはまず、連歌に参加することは日常生活とは違った世界に目を開かれる経験だったということです。天地開闢や国の成り立ち、この世を厭《いと》い無常を観ずる心、見知らぬ土地の美しさなどへ参加者を誘《いざな》ってくれるものだったのです。

当時はもちろん学校もなく、新聞もテレビもありません。一般の人々はみんな、自分が住んでいるごく狭い社会の日常のみに触れ、それ以外の世界はまったくわからないまま一生を終えたはずなのです。この世はどうやって始まったのか、貴族たちの生活はどんなものか、恋愛のあわれとはどんなものか、吉野の桜や龍田の紅葉はいかに感動的か、松風の音や竹が雪の重みで折れる音がいかに深い情趣を湛《たた》えているかなど、いわば世界というものへの想像力をかき立て、世界の美しさを感受する能力を養ってくれたのは、連歌や和歌だったのです。和歌はすべての教養に向けて開かれた窓でした。

実は、戦国の世に和歌や連歌が作者層を広げていった一番大きな理由は、ここにありました。全国に地方領主たちが勢力を確立し、それぞれの城下に富は蓄積されていきますが、依然として地方社会の実態は貧困なままで、しかも武力抗争が止むことのない荒涼とした世界でした。文化がほしい、自分たちの胸を満たすものがほしい、というのは切実な願いだったはずです。現実と懸け離れた花鳥風月の世界であったからこそ、和歌には価値があったのでした。

この他に、「神や仏の心を動かすのも和歌の力だ」というのは、当時神仏に奉納する和歌や連歌がとても多かったことと関係しています。自分たちの長命安楽や、主君の病気平《へい》癒《ゆ》を祈るため、あるいは亡くなった仲間の冥福を祈るための歌がたくさん遺っているのです。合戦に出陣する前に、軍団の結束を固めて勝利を祈る「出陣連歌」というものまで存在しました。歌の力への信頼は、むしろこの時期に高まっていたのです。

ここでは、室町時代や戦国時代の和歌のあり方について、いろいろな例をお話ししました。戦乱の時代ではありましたが、だからこそ和歌は愛好され、また新たな機能を獲得していったのでした。

御伽草子《おとぎぞうし》から民話まで

◆御伽草子に登場する和歌

御伽草子とは、室町時代から江戸時代に掛けてたくさん作られた、短編の物語類のことです。男性が漢文や実用的な書物を読んだのに対して、子どもや女性のために、楽しく教養が身に付くようにと作られたものが多いのですが、中には啓蒙的な目的を越えて、パロディ的な面白さを追求した作品もあります。絵が付いていることが多いのも特徴で、色鮮やかな絵巻や絵本の形で遺っているものが、美術館や博物館でよく展示されています。

よく知られているのが、江戸時代前期にまとめて木版で出版された「渋川版《しぶかわばん》御伽草子」二十三編で、岩波文庫の『御伽草子』上下二冊に収録されているのはこれです。この中には、『鉢かづき』『物くさ太郎』『一寸法師』『浦島太郎』『酒呑童子《しゅてんどうじ》』など、現在でもよく知られている話が含まれています。

これらの話は、大筋では現代の絵本などの内容とさほど変わりませんが、細部ではずい

御伽草子で詠まれる和歌
日数へて
重ねし夜半の旅衣
立ち別れつつ
いつかきて見ん
別れ行く
上の空なる唐衣
ちぎり深くは
またもきて見ん

ぶん違いがあります。例えば『浦島太郎』では、亀が竜宮城《りゅうぐうじょう》へ連れて行ってくれるのは同じですが、亀自身が美しい女に変じて連れて行くのです。つまり亀と乙姫《おとひめ》は同一なのでした（この方が恩返しの話としては自然ですね）。また、太郎が玉手箱を開けると煙が出てきて老齢になるのは同じですが、そのまま太郎は鶴になって飛び去ってしまいます。最後は「浦島の明神」という神様になったという結びです。こうした話はいろいろな形で伝わっているものなので、現代の絵本はその一つなのだとお考え下さい。

　さて、こうした話には、和歌がよく含まれています。先ほど述べたとおり、子どもや女性に教養を付けさせたいという目的があるわけですが、和歌はその教養の一部として重要なものだったからです。『浦島太郎』でも、太郎は竜宮城を出て行く時に、乙姫（すなわち亀）と和歌を詠み交わしていますし、故郷に戻って自分の古びた墓（竜宮城にいた間に七百年以上経過していました）を見付けると、泣きながら悲しみの歌を一首詠んだりしています。今の絵本などではもちろんそういう場面はありませんが、昔はこういう話も和歌と共に読まれ、記憶されていったのです。

◆和歌と御伽草子の不調和

別の御伽草子の例として、『物くさ太郎』を見てみましょう。主人公は信濃《しなの》国（長野県）筑摩《ちくま》郡の男で、何をするのも面倒がる物ぐさの極致のような人物です。自分では耕作も商売もせず、人が憐れんで食物をくれるので生きながらえているのですが、もらった握り飯が道に転がり出たのを拾うのも億劫で、誰かが通ったら拾わせようと三日も寝ながら待っているという徹底ぶりです。それが逆に国司《こくし》の目に止まり、従者に召し抱えられ、任務のために都へ上るのですが、そこで彼は嫁を見つけて信濃へ帰ろうとします。

その嫁取りの方法が強引で、道に立って美しい女性が通ると、いきなり抱き付いて持って帰ろうというのです。通りかかった若い女房は怪しい男が道に立ちはだかっているのに気付き、避けて行こうとしますが、物くさ太郎は逃がしません。女はいかにも汚らしい男を見下して、和歌の教養を試して嘲《あざけ》ってやろうとするのですが、彼は即座にその問いに答え続け、女はだんだん圧倒されていってしまいます。そこで歌を詠み掛け、男が返歌を考えている隙に逃げようとします。彼はこれにもすぐ応ずるのですが、結局逃げられてしまいます。

物くさ太郎は都を捜し回り、彼女をついに見つけ出します。女はこのストーカー（としか言いようがありません）に恐怖しますが、一応客として訪問してきたので、果物を出します。この果物によそえて男はまた歌を詠むなどし、やり込められた女はついに観念して夫婦となることを了承するのでした。女の指導により物くさ太郎は都でも有名な優男《やさおとこ》となり、ついには内裏《だいり》に召されてその場で歌を詠み、帝《みかど》と歌の贈答をしてお褒めにあずかります。最後は物くさ太郎が実は天皇の子孫であることが判明し、甲斐《かい》（山梨県）・信濃両国を賜ってこの上もなく裕福に暮らしたという結びになっています。

このようにあらすじを辿《たど》ってみると、『物くさ太郎』が徹底的な物ぐさ状態からその才能を現し、人生の階段を駆け上るのは、まったく和歌の力に依っていることがわかりますね。それではその歌はどんな名歌なのかというと、びっくりするほど奇妙なものなのです。

例えば往来で抱き付かれた女が、何とか物くさ太郎の手を振りほどこうとして詠む歌は、

放《はな》せかし網の糸目の繁《しげ》ければこの手を離れ物語りせん

というものです。「放しなさい！　網の目が細かく詰まっているみたいに、これでは身動きできませんよ。この手を離してくれれば、ゆっくり話もできるでしょう」という意味だと思います。こんなことを歌に詠むものでしょうか。「網の糸目」という比喩も唐突です。

それに対して男は

何かこの網の糸目は繁くとも口を吸はせよ手をばゆるさん

と返します。「身動きなんてできなくたっていいさ、じゃあキスさせてくれよ、そしたら手は離してやるぜ」というとんでもない内容です。ほぼ暴行魔のセリフと言ってもいいでしょう。

実は、説話文学のジャンルの中に、「主人公が優れた和歌を詠むことで成功する」とい

う「歌徳譚《かとくたん》」という種類があるのです。例えば『伊勢物語』では、女を捨てて出て行ってしまおうとする男に、女が歌を詠み掛け、男がその歌に感動してよりを戻すことになった、という段があります。『物くさ太郎』はそうした歌徳譚のパロディで、奇妙な歌にもかかわらず歌によって成功してしまう話になっているのです。御伽草子にはまじめな内容のものもあるのですが、古典的な伝統をあえて笑い飛ばすようなパロディ作品もあって、読者たちは笑いながら読んだものと想像されます。

有名な『鉢かづき』も、可哀想でけなげな少女の話と思われるでしょうが、『御伽草子』で読んでみますとかなり印象が違います。ここでの鉢かづき姫は、まわりから馬鹿にされているのに、本人だけが大まじめで悲痛な和歌を詠み続けるというギャップによって笑いを誘うのです。

『御伽草子』は、伝統的な古典世界と、現実の庶民的生活との接点にある作品群でした。和歌は憧れの教養でしたが、実際の生活とはあまりに懸け離れたものでした。そのため、お姫様と貴公子が恋愛するようなお話ならばそのままあわれ深い歌を挿入できましたが、庶民的な生活に引き寄せたような話になると、和歌はむしろ不調和なものとしておかしみを醸し出すことになったのです。

◆おかしみを誘う和歌

庶民的な生活に引き寄せられた和歌は、「おかしみ」を振りまきながら広まっていきました。戦国時代から江戸時代初期に成立した笑話集『遠近草《おちこちぐさ》』という作品から挙げてみましょう。話の内容はまったく信憑性のないものですので、事実とは関係のないものとしてお読み下さい。

『往生要集《おうじょうようしゅう》』編者として著名な源信僧都《げんしんそうず》のもとに、一人の尼がいました。ある日、彼女が西の方を向いて小便をしているのを見て、源信は「西方の極楽浄土を願う人が、そちらに小便をしていいのかね」と言いました。すると尼は

西向きて尿《しと》する尼の咎《とが》ならば搦《から》めて行けや弥陀の浄土へ

と詠み、源信は感心したという話が載っています。「西に向いておしっこをしたのが罪にあたるなら、どうぞ逮捕して連行して下さい、阿弥陀様の浄土へ」ということです。小便のような汚いものを詠んでいますが、中身は信心に基づいた気の利いた話と言えるでしょう。

『遠近草』には西行法師の話がいくつも出てきます。しかしその西行は強い信念やすばらしい才能を備えた大歌人ではないようなのです。
例えばこのような話。西行が陸奥《むつ》の修行の帰りに信濃を通った時のこと、七瀬川《ななせ》（信濃川）のほとりに下りて休憩し、懐から麦粉《むぎこ》を出して食べようとします。ところが風が吹いて、舞い上がった麦粉を吸い込んでしまい、激しく咽《む》せ返ってバタバタとのたうち、川の水をすくって飲んで、やっと落ち着きます。それを馬に乗って通り掛かった武士が見ていて、彼を嘲る和歌を詠み掛けます。

信濃川七瀬渡ると聞きつるにここな法師はむせわたるかな

「信濃川は七つの瀬を渡るとは聞いていているが、この坊さんは咽せ（＝六瀬《むせ》）わたっているじゃないか」ということです。西行はそれを聞くと即座に返します。

信濃川七瀬渡ると聞きてしか殿の馬こそやせわたりけれ

「なるほど信濃川は七つの瀬を渡ると聞いております。しかし殿の馬は痩せ（＝八瀬《やせ》）わたっているようでございますな」と相手の馬が貧相なのを皮肉って反撃したわけです。

麦粉に咽せる姿もコミカルですが、その後の歌の掛け合いも相手をけなし合うもので、本当の西行が聞いたら苦笑しそうです。実はこの笑話集に出てくる西行は、常にこのように言葉遊びで人をやり込めるキャラクターなのです。

別の話では、西行は尾張《おわり》（愛知県）の熱田《あつた》神宮に立ち寄りますが、冬のさなかのことで、雪交じりの激しい風が吹く荒天の日でした。そこで神主に次のように詠みます。

熱田とはいかなる人の付けつらむ冬の終り

の寒さなるをば

「熱田とはいったい誰が名付けたんだ。こんなに寒いのに」ということで、「終わり」に「尾張」が引っ掛けてあります。寒いので「暑い」という意味の名前に不平を言ったわけですが、何だか漫才のツッコミの人が「熱田っていうのに、寒いじゃないかよ」と言っているような歌です。

◆民話の中で生きる庶民的和歌

こうした西行のキャラクターは、実は全国の民話の中にも広がって定着しています。室町時代の文献『詩学大成抄《しがくたいせいしょう》』に、西行が畑の芋を盗む話が出てきます。本当の西行が聞いたらこれはさすがに怒りそうです。八月十五夜の名月の下、芋を盗みに畑に入り込んだ西行を所有者が見付けて捕らえると、西行は

月見よといもが臥所《ふしど》のそそり子を起こしに来たは何か苦しき

と詠んで許されたというのです。「そそり子」がよくわかりませんが、里芋は親芋のまわりに小芋がいくつも付きますよね。それに引っ掛けて、さらに「芋」に「妹」(妻)を掛詞として、「妻の寝床の子どもたちに、月がきれいだから見に出ておいでと起こしに来たんだ。何か不都合でも？」と言葉遊びで言い返したということのようです。この話は香川県では民話として実際に語られているとのことで、そこでは

月見よと芋の子どもの寝入りしを起こしに来たが何か苦しき

という歌になっていて、わかりやすくなっています。また、同じ形の民話は他の地域でも語られていて、主人公は西行ではなくなっていますが、歌は

子を抱いて寝ている芋に月見じゃと起こしてみたに罪になるかは

というもっと親しみやすいものに変わっています(以上は、花部《はなべ》英雄《ひでお》氏の『西行伝承の世界』という本に拠りました)。

大歌人西行は、庶民の中に下りていくに従って、親しみやすく楽しいお坊さんに姿を変えていきました。それは、和歌が貴族たちの雅な生活から、庶民の普通の生活に下りていく過程で、形を変えながら親しまれていったことの現れです。そのような広い世界を渡っていく和歌の姿についてお話ししました。

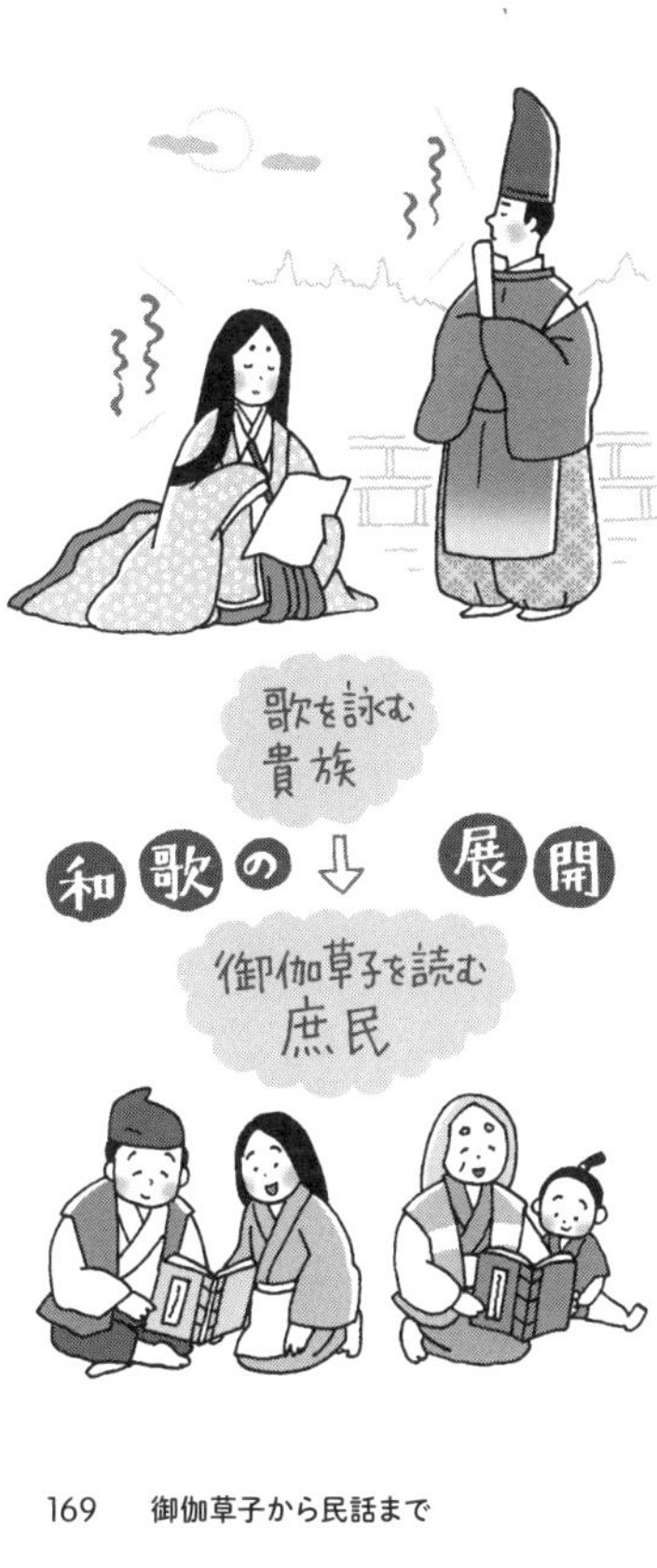

和歌と人々の暮らし

◆三十一字の利点

和歌は小さな形式です。たかだか三十一字しかないのですから、たくさんのことは言えませんし、同じようなことしか言えません。「恋人に逢えなくてつらい」という気持ちを、何百通りにも表現できるでしょうか。例えば今「恋人に逢えなくてつらい」と書いた、それだけでもう十三音使ってしまっています。独創性を発揮するにはあと半分くらいの文字数しか残っていないわけですね。

そのように小さな形式ですが、むしろそのことが利点になる場合があります。簡単に言うと、「作りやすい」ことと「覚えやすい」ことです。大歌人には関係のないことかもしれませんが、多くの民衆が親しむには大切なことでした。今回はそれにまつわるお話をしたいと思います。

◆技芸を教える和歌

「覚えやすさ」ということは、149頁で取り上げた、合戦の場での振る舞いを教える「軍歌」がいい例です。読み書きのできる人が増えたのは最近のことですから、昔は大事なことを覚えさせる時も口移しで教えていました。和歌はそれに適した形だったのです。今回は二つの例を挙げたいと思います。

最初は、芸事について教える和歌です。例えば茶の湯の大成者・千利休が作ったと伝えられる「利休百首《りきゅうひゃくしゅ》」というものがあります。茶会での振る舞いや心掛け、必要な知識などが百首の和歌にまとめられています（「紹鷗《じょうおう》百首」の名でもほぼ同一のものが知られています）。百という数になっているのは、120頁でお話しした「定数歌」の最も一般的な形が「百首歌」だったことに依ります。

実はこうした技芸を覚える歌はいろいろなジャンルに存在するのです。蹴鞠《けまり》の練習法・心掛けなどを教える「蹴鞠百首」や、鷹狩用の鷹を育成するための知識を教える「鷹百首」などがよく知られています。鷹狩は武家が尊んだので、鷹に関する和歌はたくさん作られ、全国にたくさんの写本が遺っています。なおこうした百首類は、作者の名前が書いてある場合もありますが（例えば「鷹百首」は藤原定家など）、信用できないものが少なくないのでご注意下さい。

狂言の家である大蔵家に伝わる伝書『わらんべ草《ぐさ》』は、子孫に狂言の道を教えるために、江戸時代初期に大蔵虎明《おおくらとらあきら》が作ったものですが、その中にはやはり心得を教える多くの歌が含まれています。こうしたものは本当にたくさん作られ、暗誦《あんしょう》されていたものと思われます。

◆教訓の歌

技芸のための百首とは違い、もっと生活に密着したものもあります。江戸時代から続く商家では、商売の心得や毎日の業務についての注意を歌にしたものがしばしば遺っています。二、三首という場合もありますが、例えば現在の栃木県真岡《もおか》市で商いをしていた塚田家の家訓（幕

末期）には四十首を超える教訓の歌が列挙されています。山本眞功《しんこう》氏編註『家訓集』（平凡社・東洋文庫）で見ることができますが、

火の元は朝夕わけて気を付けよまたその次は賊の用心

値を安く品を改め仕入れして高利を取らぬ商ひをせよ

油断無く稼ぐその身は神仏の守らせ給ふ　家は繁昌

主の目を盗みて金を使ひ捨て果てはその身に掛かる罪咎《つみとが》

など、当主にも使用人にも厳しく自戒を求める内容です。今でも、社訓を標語にして掲示している会社はありますし、それを毎朝唱えるなどという場合もあるのではないでしょうか。それと似たようなものですね。あるいは、小学校でもそうした標語を子どもに覚えさせる例は少なくありません。それが、和歌の形になっているのだと思えばよいわけです。

五七調とか七五調というリズムを持っている言葉は、覚えやすく唱えやすいものです。それをよく体現しているのは安全のための標語でしょう。「飛び出すな車は急に止まれない」のように俳句や川柳と同じ五七五になっている交通標語がありますね。

最近では、振り込め詐欺の被害に遭わないように、高齢者の方々に覚えてもらう標語が自治体や警察によって募集されています。愛知県が募集して入賞したものには「渡しません家族と連絡取れるまで」とか「日頃から家族の絆合言葉」といったものがあるそうです。

そうした標語の形は、基を辿れば和歌が広く教訓のために用いられていたことに由来するのです。

◆極限状態での表現

和歌の形式が持つもう一つの特徴として、「作りやすい」という点が挙げられます。何かの感慨を三十一字の中に表現すれば「かたち」になる、「さまになる」のです。誰でも、経験がなくても、形あるものが作れるわけです。

例えば、辞世《じせい》の歌というのがたくさん伝わっています。赤穂浪士《あこうろうし》が切腹させられる前に詠んだ歌だとか、幕末の志士たちが遺した辞世の歌などはいろいろなところで取り上げられていますから、目にしたことのある方もいらっしゃるでしょう。大石内蔵助《くらのすけ》や新選組隊士が日頃から和歌の修練をしていたとは思えません。彼らはみんな素人です。しかし、歌という形式はそういうことを問題にしないのです。型があることによって、みんな似たようなことしか言えなくなる制約もありますし、巧い・下手があるのも当然ですが、そういうことを超えて、死を前にした心持ちを表現できる形式があったのは、大事なことだったと思います。

このことは三十一字の短歌形式に限らず、俳句の形にも当てはまることです。これはより短いために、さらに多くの人が表現のよりどころとしてきました。私に印象深かった例を二つ挙げましょう。

一つは死刑囚の獄中詠《ごくちゅうえい》です。連続企業爆破テロ事件で逮捕され、死刑囚となった大道寺将司《まさし》は、結局刑が執行されることなく、四十年以上を獄中で一人過ごし、そのまま病死しました。彼はその間多くの俳句を詠み続け、いくつかの

あらたのしや
思ひは晴るる
身は捨つる
浮世の月に
かかる雲なし
播州赤穂浪士
大石内蔵助良雄

句集を出版しています。実はその句は非常に優れたものと評価されているのです。孤独な日々が死ぬまで（処刑されるまで）続くとわかっている中で、言葉は研ぎ澄まされていったのです。テロ行為はまったく許すことができませんが、俳句という形があったことが、一人の表現者を生み出したことは認めなくてはなりません。

もっと極限的な状況の例もあります。諸井清二《もろいきよじ》氏『九十二日目の天国　酒呑童子号の太平洋漂流日誌』（産経新聞社）は副題にあるとおり、ヨットレースに参加した著者が悪天候のため連絡の手段を失い、ただ漂流すること三カ月、奇跡的に付近の船舶に救助されるまでを描く実録ですが、彼は絶望的になりながらも毎日航海日誌を付け、途中からそこに俳句を記していくようになったのです。

諸井氏は「俳句」と言っているのですが、その中身は「腹減った　思えばよけいに　腹が減る」「助け船　誰に頼めば　きてくれる」「祈れども　祈り通じず　焦り出す」といった、俳人なら俳句とは認めないような、素朴極まるものです。しかし、「腹減った！」「誰か来てくれ！」「こんなに祈ってるのに、何でだ！」というような、一人で吐き捨てる他ないような言葉を、「形のあるもの」にしていくことには、諸井氏にとっては意味があったはずです。感情の暴発を、何かを「作る」行為に昇華することができるからです。

短い詩型は、追い込まれた人間に対して、何らかの貢献をしてきたのだということを、お認めいただけるでしょうか。

◆まじないと和歌

和歌や俳句には、普通の言葉とは違い、「形」があったのだ、そこに価値があるのだ、ということを述べましたが、「形」があったということはまた別の方向でも民衆の暮らしに関わっていきました。それは「おまじない」です。

あまりご存じないことかもしれませんが、何かをする時に唱えるまじないの和歌は、現在もたくさん伝わっています。例えば、

長き夜の遠《とお》の眠りのみな目覚め波乗り舟の音のよきかな

という歌をご存じでしょうか。わかったようなわからないような内容のものですが、これはお正月に、よい初夢が見られるようにと唱えるおまじないとして知られている歌です。よく見ると回文《かいぶん》（逆さから読んでも同じ）になっています。中世から存在する歌のようで、江

戸時代にはよく使われていました。

この方面については、民俗学の研究者である花部英雄氏が、『呪歌と説話　歌・呪《まじな》い・憑《つ》き物の世界』（三弥井書店）というご本の中で詳しく扱っておられます。呪歌と言っても、人を呪い殺すとか、そういうおどろおどろしいものではありません。

花部氏の本では、「馬が腹を病んで苦しんでいる時に、治してやる歌」とか「近所に火事があった時、この歌を書いて戸口に貼っておくと延焼しない」とか、「縫い物をしていて糸が絡んでしまった時、この歌を唱えるとするりとほどける」などの歌が紹介されており、昔の庶民にとってはとても日常生活に即した内容のものなのです。

百人一首の有名な歌がこうしたおまじないに転用されることもよくあります。例えば「ちはやぶる神代《かみよ》も聞かず龍田川唐紅《からくれなゐ》に水くくるとは」は、血止めの呪文に用いられているそうです。血止めに使うのは、「赤い水が流れるなどということはない」と否定しているように聞こえるからだろうと思います。

そうした名歌の転用で、今でも広く知られているのは、飼い猫がいなくなった時に、

立ち別れ因幡《いなば》の山の峰に生ふるまつとし聞かば今帰り来む

の歌を紙に書き、上下逆さにして貼っておくと猫が戻ってくるというものではないでしょうか。これは大学の授業で話しても、知っているという学生が必ずいますから、全国的に行われているおまじないだと思います。

和歌は定型のある、普通と違った言葉なので、そこに何かの力があると考えられることがあったのです。それが、おまじないに使われた理由でした。

◆和歌の持つ力

また、やはり呪術的な意味合いを持つものですが、おみくじにはよく和歌が書いてあるのをご存じでしょうか。くじを開くとすぐに金運や恋愛運に目がいってしまいがちですが、上の方や欄外に和歌が記されていることが、思いの外に多いのです。来年の初詣で神社に行かれた時にでもお確かめ下さい。

おみくじに和歌が書いてあるのは、由来を遡るととても古く、平安時代頃に「歌占《うたうら》」という習俗があったことに発します。和歌をたくさん書いた本の、ある頁を無作為にぱっと選ぶと、そこに記されている歌が自分の運勢に対する神様からのメッセージである、という占いでした。本でなくても、歌を書いた短冊をやはり無作為に引くとか、サイコロを振って和歌を引き当てるとか、やり方はいろいろです。現在でも上演される能に「歌占」という演目があり、まさにこの占いの場面を扱っています。神様が和歌でメッセージをくれるというのは不思議な気がしますが、勅撰集などを見ますと、実際に夢の中で神仏からいただいた歌というものがたくさん出てきます。昔の人には自然なことだったのです。

　実は引き当てられる歌そのものは予言用の歌ではなく、普通の歌が多いのですが（現代のおみくじもそうです）、それを自分に対するメッセージとして受け手は解釈するのです。タロットカードの解釈などもそういうものですね。占いに使

われるのも、和歌は何か普通の言葉と違った力を持っているという意識から起こったことだと思われます。

ここでは、一般民衆にとって短い詩型がどのように意味のあるものだったか、ということをお話ししました。

本書ではここまで、有名な歌人たちのことよりも、より普通の人々、さらにより広い階層の人々にとって和歌はどういうものだったかという点に重点を置いてお話ししてきたつもりです。天才たちの作品はもちろん優れていますが、短い詩型のすばらしさは、多くの人が参加できるという点にこそあるからです。

本書を通して、教科書などでは知ることのできない、和歌の果たしてきた役割について少しでも知っていただけたなら幸いです。

和歌の世界をもっと知りたい読者へ
参考文献一覧

本書の内容についてより詳しく知りたいという方のために、図書館などで見られそうなものを主として、参考文献を挙げておきます。本書は研究書ではありませんので、出典注などは付けていませんから、それを補う意味も込めています。

――歌集の本文――

● **『新編国歌大観』全十巻二十冊**（角川書店）

現在最も網羅的に古典和歌を収録した叢書です。ただし、本文だけで注や訳はまったく付いていません。

● **「新日本古典文学大系」シリーズ**（岩波書店）

『古今和歌集』から『新古今和歌集』までの八代集、『萬葉集』『平安私家集』『中世和歌集　鎌倉篇』『中世和歌集　室町篇』『六百番歌合』『袋草紙』など、多くの歌書の注釈が収録されています。

その他、小学館の「新編日本古典文学全集」、新潮社の「新潮日本古典集成」なども便利なシリーズです。和歌に限定したシリーズとしては、明治書院の「和歌文学大系」シリーズが刊行中です。本書で引用した歌集類の本文は、『新編国歌大観』を中心にして、右に挙げたような諸資料を勘案して掲載しています。

――和歌全般について――

● **谷知子『和歌文学の基礎知識』**（平成18年、角川選書）
● **鈴木健一・鈴木宏子編『和歌史を学ぶ人のために』**（平成23年、世界思想社）
● **渡部泰明編・和歌文学会監修『和歌のルール』**（平成26年、笠間書院）

〈第一章・第二章〉

――恋歌のやり取りについて――

● **久保木哲夫『折の文学　平安和歌文学論』**（平成19年、笠間書院）
● **小松茂美『手紙の歴史』**（昭和51年、岩波新書）
● **川村裕子『王朝の恋の手紙たち』**（平成21年、角川選書）

――貴族の生活と和歌――

● **橋本不美男『王朝和歌史の研究』**（昭和47年、笠間書院）

〈第三章〉

――歌合について――

● **萩谷朴・谷山茂校注『歌合集』**（日本古典文学大系74、昭和40年、岩波書店）

岩波書店の「日本古典文学大系」シリーズ（「新」ではなく旧版）の一冊です。この「解説」は歌合というものについて、詳しい説明をしてくれています。歌会については、前掲橋本不美男『王朝和歌史の研究』が詳しいです。

――題詠・定数歌について――

● **浅田徹『百首歌　祈りと象徴』**（平成11年、臨川書店）

〈第四章〉

――私家集について――

前掲の新日本古典文学大系の『平安私家集』には、『一条摂政御集』の全注のほか、平安時代の私家集についての概説も載っています。そのほか、多数出版されている『百人一首』の詳しい解説書の中には、それぞれの歌人の家集にも言及しているものがあります。

● **近藤潤一『行尊大僧正―和歌と生涯』**（昭和53年、桜楓社）

●**宮崎荘平『成尋阿闍梨母集　全訳注』**（昭和54年、講談社学術文庫）

――戦乱と和歌について――

●**小川剛生『武士はなぜ歌を詠むか　鎌倉将軍から戦国大名まで』**（平成20年、角川叢書）

●**綿抜豊昭『戦国武将の歌』**（コレクション日本歌人選14、平成23年、笠間書院）

●**鈴木棠三編『落首辞典』**（昭和57年、東京堂出版）

●**菊池真一・西丸佳子編『武者物語・武者物語之抄・新武者物語　本文と索引』**（平成6年、和泉書院）

『佃が軍歌』を収録しますが、残念ながら注釈は一切ありません。

●**『狂歌大観』全三巻**（昭和58～60年、明治書院）

『金言和歌集』が収録されていますが、注釈や解説などは一切ありません。

●**朝鮮日々記研究会編『朝鮮日々記を読む　真宗僧が見た秀吉の朝鮮侵略』**（平成29年、法蔵館）

――御伽草子・民話の和歌――

●**市古貞次校注『御伽草子』（上・下）**（昭和60～61年、岩波文庫）

●**中村幸彦・橘英哲校訂『遠近草・元用集』**（昭和40年、西日本国語国文学会翻刻双書刊行会）

●**花部英雄『西行伝承の世界』**（平成8年、岩田書院）

●**西澤美仁編『西行　魂の旅路』**（ビギナーズ・クラシックス日本の古典、平成22年、角川ソフィア文庫）

――家訓と歌――

●**山本眞功編註『家訓集』**（東洋文庫687、平成13年、平凡社）

――芸事を教える和歌――

茶の湯の百首については例えば淡交社の『利休百首ハンドブック』、蹴鞠《けまり》百首や鷹百首は『続群書類従』第十九輯中で読むことができます。後者には注釈や訳は付いていません。

●**笹野堅校訂『わらんべ草』**（昭和37年、岩波文庫）

――辞世など――

●**松村雄二『辞世の歌』**（コレクション日本歌人選20、平成23年、笠間書院）

●**大道寺将司『棺一基　大道寺将司全句集』**（平成24年、太田出版）

●**諸井清二『九十二日目の天国　酒呑童子号の太平洋漂流日誌』**（平成6年、産経新聞社）

――まじない・占いの和歌――

●花部英雄『呪歌と説話　歌・呪い《まじな》・憑《つ》き物の世界』（平成10年、三弥井書店）

●平野多恵『おみくじの歌』（コレクション日本歌人選76、平成31年、笠間書院）

百人一首の次に読む和歌

百人一首の歌くらいなら聞いたことがあるという読者の方々にとって「百人一首の次に何を読むべきか」というのはなかなか難しい問題だと思います。

いまは新元号の典拠とされた『万葉集』に興味を持つ方が増えていますが、約四千六百首もあるものなので、全歌が収録されていて、かつちゃんと解説と訳が付いたものを、となりますと、文庫本では四冊か五冊になるのが普通です。岩波文庫（新版）や角川ソフィア文庫、講談社文庫は一流の研究者たちの手になるものですのでおすすめできます。編者が自分の良いと思う歌のみを取り上げた選釈本ならば一冊本もあり、これはお好みによるというところでしょうか。

しかし、古典和歌の世界全体を知りたいというのであれば、『万葉集』よりも『古今和歌集』の方をおすすめします。日本文化全体に与えた影響は『古今集』が最も大きいからです。『新古今和歌集』の時代に「本歌取り」という技法が発達しますが、取られる本歌は著名な古典的和歌である必要がありました。その多くは、『古今集』の歌で占められているのです。『源氏物語』も、読んでいるとしばしば『古今集』の歌の一部が引用される場面に出会います。当時の読者にとっては常識だったからです。

お茶会で床の間に飾られる掛け軸も、古筆が掛けられている場合は、『古今集』の写本の一ページであることが一番多いのです。これは、古くから最も多く書写されてきたからで、それはやはり重要な古典だったことの反映です。

なお、『古今集』をお読みになるのでしたら、恋の部から読むことをおすすめします。平易で、また我々現代人にも共感できるものが多いからです。

『新古今集』はどうでしょうか。実は『新古今集』を理解するには、『古今集』などの古典的な和歌をよく知っている必要があるので、解説の少ない本だとなかなか読み解けないことがあります。『新古今集』の美しさを知るには、全体よりむしろ藤原定家や西行、式子内親《しょくしないしん》王《のう》などの歌人ごとの歌をそれぞれ取り上げた本の方がよいかもしれません。

歌集は小説ではありません。最初から一つずつ順を追って読まなくても構いません。わからない歌はあるでしょうが(プロの研究者でも、よくわからない歌はたくさんあります)、それを理解しなくては先へ進めないというわけではないのです。詩集や歌集は、あちこちめくっていって、どこかに自分の心に残る作が一つか二つあれば、それでいいのだと思います。

私の学生時代の友人に、美術史専攻の人がいました。その人が言うには、「展覧会を一つ見て、これは家に連れて帰りたいなあ、という絵が一つあればそれで十分」なのだそうです。

みなさんが、心に留めておきたい和歌に出会うことをお祈りいたします。

おわりに

一般の読者の方々に向けて、和歌のことについて書くようにとのご依頼をいただいた時、私などでよいのだろうかといくらか躊躇しました。専門家向けの論文ばかり書いてきましたので、一般の方々に楽しくお読みいただくための力量にさっぱり自信がなかったのです。また、啓蒙的な和歌の本は、既にとてもたくさん存在しています。新たに何か書く必要があるのだろうか、とも思ったのでした。

しかし、よく考えてみると、そうした本は、有名な和歌（たとえば百人一首）の由来を説明するものであったり、著名な歌人や歴史的人物（天皇や武将など）のエピソードを中心に紹介するものであったり、あるいは受験生向けに和歌の特殊知識（掛詞とか、縁語などですね）を教えるもの、また歌枕巡りのガイドといった内容が多いのではないかと思われます。和歌とはどういうものであったかを語る本は思いの外少ないですし、特に和歌がどう使われてきたのかということはほとんど紹介されていないように思いました。

また、解説の対象としては、昔から特に歌人を中心に親しまれてきたことを反映して、万葉集についての本が多く、平安時代以降についての本は少ないのです。まして、戦国時代や江戸時代のお話は出てこないのが普通です。

和歌は短い形式で、多くの人々が参加できたことに何よりもその本質があります。本書では、そういう立場に立って、著名人に限らず、もっと広い範囲の人々にとって、和歌はどういうものだったかということをお話しすることにしました。

私は、「和歌こそ日本の心だ」などと主張したいとは思いません（そう主張する本もあります）が、和歌という小さな表現形式が存在していたことは、日本人にとって幸運であったとは思っています。歌の表現は伝統に大きく制約されざるを得ませんが、それでも自分の味わう小さな喜びや苦しみを、形にする道があったからです。そういうことならば、書けそうな気がしました。

本書が成るに当たっては、企画当初からずっとサポートして下さった淡交社の八木育美さん、そして毎回巧みなイラストを描いて下さったたむらかずみさんのお力が大変に大きかったと存じます。お二人に心からの感謝を申し上げます。

浅田徹

浅田 徹（あさだ・とおる）
1962年、山口県生まれ。お茶の水女子大学教授。早稲田大学第一文学部卒業、同大学院博士課程満期退学。国文学研究資料館助教授を経て、2011年より現職。著書に『百首歌 祈りと象徴』がある。

イラスト：たむらかずみ

デザイン：辻 祥江

恋も仕事も日常も
和歌と暮らした日本人

2019年9月14日　初版発行
2025年2月20日　二版発行

著　者　浅田 徹
発行者　伊住公一朗
発行所　株式会社 淡交社
本社　〒603-8588 京都市北区堀川通鞍馬口上ル
営業 (075) 432-5156
編集 (075) 432-5161
支社　〒162-0061 東京都新宿区市谷柳町 39-1
営業 (03) 5269-7941
編集 (03) 5269-1691
www.tankosha.co.jp
印刷・製本　三晃印刷株式会社

ISBN978-4-473-04327-6